目录

1 蜘蛛是什么？蜘蛛是谁？

79 猫咪，看看如此毫无防备的我吧

123 身体在惨烈沉沦

169 做手术！ Get out of my way！

219 日本，我的自由是什么

277 我还在呼吸

285 终章

蜘蛛是什么？

蜘蛛是谁？

房子里生了很多蜘蛛。

这是一栋木制老宅。将一整座屋子分成两部分，和邻居共享的双拼结构住宅是这儿较为常见的房屋构造。我家却很不寻常。我家有五层楼。被称作 basement 的半地下（半地下构造在加拿大也比较常见）有一间卧室，有洗脸台，还有浴室（不过我们把这间浴室改装成了置物间），二楼是起居室，三楼是餐厅厨房，四楼是第二间卧室，五楼是一间浴室。也就是说，每一层就是一间屋子。

搬家公司的人，负责修缮的工人，朋友，还有很多加拿大人都来过我家，人人都会吃惊地告诉我“真是头一回见到这种房子”。半地下那一层配了洗衣机和烘干机，所以在五楼的浴室换下来的衣服，还得特意运到半地下去清洗、烘干，然后再运到最高层去。住在这种房子里，真的很锻炼腿脚。

然后就是蜘蛛了。在起居室、半地下室、卧室，各个地方

都有蜘蛛网。我会尽量打扫，但是蛛网的形状实在太美了，所以有些蜘蛛网我故意没有收拾，保留了下来。说起来，从小我的外婆就告诫我：不可以滥杀蜘蛛。她坚信蜘蛛是弘法大师的使者。

有些蜘蛛个头很大，有的很小。有些是黑色的，有些是透明的。猫咪阿站不会弄死那些蜘蛛，可能是因为它对蜘蛛有本能的恐惧心理吧。不过，蜘蛛真的太多、太多了。

有一天，我突然发现自己左腿的膝盖和右腿的小腿肚上生出了密密麻麻的红色斑点。在看到这些红点的刹那，难忍的瘙痒席卷而来。因为前一天我和朋友们一起去了公园，还在草坪上坐过。所以我当时以为是被跳蚤咬了。我把自己长红点的照片发给朋友们打听情况，却发现大家都好好的，并没有人被咬。其中一个朋友问我：

“你这是被床虱咬了吧？”

听她这么一说，我不由得发出一声呻吟。床虱，就是臭虫。家里一旦出现这种东西可就大事不妙了。床单自然不保，还有床罩、沙发、衣服和窗帘，总之，只要是布制的东西，全部要送去专业清洗公司处理。我如五雷轰顶，好半天才心情沉重地站起了身，去和专业清洗公司联系。

加拿大的医疗制度和日本不同。像日本那种可以直接去皮

肤科、妇科等专科医院看诊的制度，加拿大并不存在。大家一般都会请综合性家庭医生，如有需要，得先和家庭医生联系。医生诊断了症状之后，再给专科医生写一封介绍信，拿到介绍信，才能预约专科医生。

像我这种没有家庭医生的人，可以去免预约诊所。在免预约诊所看诊后就是和家庭医生相同的流程了：写介绍信，拿到介绍信去预约专科医生。

照这个流程去看病的话，比方说明显是得了中耳炎，那也不能直接去耳鼻喉科就诊。如果情况紧急，就只能叫救护车。就算没那么紧急，要预约专科医生也得等好久，实在等不及的人还是只能选择急救。于是，急救那边挤满了人，根据症状不同，有时候候诊八九个小时都是常态。

加拿大人对自己国家的医疗系统很是自豪。尤其是不列颠哥伦比亚省，只要选择一种名为 MSP 的健康保险，就可以免费享受医疗服务。而且像我这样的外国人或者留学生也适用这种保险。既然众生平等，那急救部门就只需要考虑症状的严重程度即可。很多人认为，这种方式和靠有无保险给人命分出三六九等的隔壁国完全不同。

腰部有沉重感。介绍信上如此写道。其实，在双腿被叮咬之前，我就觉得必须得去一趟诊所了。因为我感觉右胸有个肿

块。这还是我在洗澡的时候发现的，用手触碰，只有右胸的那一片摸起来硬硬的。

当时，温哥华的新冠感染者数量达到了峰值。就算给免预约诊所打了电话，电话那头也只会传来关于新冠的一些语速极快的语音指导，必然会令我大受打击。话又说回来，就算预约成功，很多诊所也无法现场进行诊疗（靠我的英语水平，实在没自信接受电话诊疗），所以我才迟迟没有行动。

我曾在网上输入“胸部硬块”，选择了一些反馈比较乐观的网页阅读，于是得出了“应该是乳腺炎”的结论。我的硬块不疼，而且会移动。于是我擅自相信了网上的一个说法，“比较容易移动的硬块是良性的可能性较高”。因为秋天准备回一趟日本，我打算到时候再去做个身体检查。所以我没有联系免预约诊所。

可是，我现在被臭虫咬了，这可不得了啊。于是我只好不情不愿地给诊所打了电话。听完了听筒里的一长串语音指导，好不容易才接通了人工服务，是一名女性。果然，我预约不了现场诊疗，只能接受远程诊疗了，也就是要打电话看诊。我对自己口述病症的能力没什么信心，所以事先拍了患部照片发送给了医生。

对我进行远程诊疗的是一位女医生。

“我看了你拍的照片，你那不是被虫蜇的，是带状疱疹。”

她这样告诉我。我听说人会在疲劳和免疫力低下的时候长带状疱疹。但我自己一点也没感觉疲劳啊，我很震惊。

“不是臭虫吗？我感觉这些红点很痒欸。”

“不是不是！是带状疱疹！来取药吧！”

于是，我跑去诊所附设的药局取了处方药，吃了两天。然后又预约到了后续跟进的诊疗。这次是现场诊疗。等我到了诊所，发现这次的女医生不是上次打电话的那个了。她一看到我的腿就表示：

“不对！不是带状疱疹！”

这是搞啥？我心想。我都吃了两天的治带状疱疹的药了欸，那现在该咋办啊？

“那个药不要再吃了！你这不是带状疱疹！”

“那……果然还是臭虫喽？”

比起带状疱疹，我其实更怕臭虫。要是我丈夫和孩子也被臭虫咬了可怎么办！和我们一起睡的阿站要是被咬了呢？正当我思考着这些的时候，只听她说了句：

“也不是臭虫。”

“那……那是什么啊？”

“可能是蜘蛛一类的吧。”

蜘蛛?

蜘蛛会咬人吗?

我脑海中浮现出了家里的那些蜘蛛。黑的、白的、透明的、大的，还有小的。是那些蜘蛛把我咬了吗?

“我给你开点治虫咬的药，你回去抹上。还有什么别的问题吗？”

医生看上去挺忙的，她明显是想赶快结束这场诊疗。但我拦住了准备起身的她。

“那个……我还有一个问题，但是和虫咬没关系……”

“啥？！我没那么些时间！！只给你一分钟！快说！”

“我感觉胸部有硬块。”

听我说完这句话，她的表情略微产生了变化。

“脱衣服，上身衣服全脱掉。”

我慌忙脱了衣服。医生仔仔细细地观察着我的乳房正面。然后她又让我躺到床上，伸手触诊我胸部的硬块部分。最终，她的诊察远远超过了一分钟。

“哦哦，确实有。1 厘米的肿块，移动性很强，所以不太容易发现。”

移动性强，1 厘米，这两个词在耳畔回荡。

“我给你写介绍信，你需要接受超声波诊断。”

那是在 2021 年，5 月的末尾。

3 周后，我接受了超声波诊断。

我去了诊所指定的医疗大楼，排队等待。等待室不单有女性，还有不少男性。明明是很正常的现象，但我不知为何有些吃惊。

超声检查用的凝胶冰凉冰凉的，房间也很黑。只有机器显示屏的光亮朦胧地洒在我们身上，给人一种非常寂寥的感受。照超声波的医生说：

“今天拍乳腺钼靶的机器正好空着，做一个吧？你很幸运哟。”

也就是说，正常来讲，要拍乳腺钼靶还得另预约的，是吧？

拍乳腺钼靶片子的房间也很黑。我单薄的胸口被一个机器死死地压扁。听说很多人讨厌这个过程，所以拒绝做乳腺钼靶。我也很讨厌这个感觉。我曾经做过一次，但因为胸部实在太小，机器夹不住，让医务人员好一通忙活。我当时感觉又痛又惨，还下定决心再也不做这个了。

最终，超声检查和乳腺钼靶都没有得出什么明确结论。于是我还要在一个半月之后做一个胸部穿刺。

当时的我还挺乐观的。也没有什么根据可以断定我得的是

乳腺癌，所以我觉得应该没大碍。我当时怀疑自己得的可能是卵巢或者子宫那方面的病。于是我在生理期非常小心，为了让整个身体从黏膜开始暖起来，我还按妇科比较推荐的做法，定期去蒸艾叶（虽然是在温哥华，但我朋友洋子在自己家装了一个非常专业的熏蒸装置，我有幸也能常去蒸一蒸）。

是因为我胸太小了吗？还是我之前喂奶的时候乳腺经常堵？因为我感觉乳房的问题大多是和乳腺相关的。但为什么我会觉得乳腺癌离我那么遥远呢？那句以前常听到的老生常谈，我如今也在反复念叨。

“怎么是我？”

一开始的穿刺结果其实是很乐观的。

接受穿刺的房间，和做超声波的房间一样黑漆漆的。被注射了麻醉剂后，我感觉有针发出订书机一样的声音，穿进我的胸口。啪叽、啪叽，一个女性技师一边观察屏幕一边说：

“哦，这个应该不要紧的。”

我瞬间松了劲儿。身体里某个晦暗的块垒“咻——”地融化了。就是啊，我心想。就是啊，不要紧的。

从那个黑漆漆的房间走出来，温哥华碧空如洗，美极了。我家住在城市的西侧。因为夕阳太耀眼，所以我戴着太阳镜。回家的途中我给车加了油，还顺路去面包房买了贝果。快到家

时，我停下来等红灯的时候，突然想：既然如此……

既然如此，那究竟是为什么呢？

既然不要紧，既然我没事，那我为什么被蜘蛛咬了呢？

我想，蜘蛛应该是外婆吧。

去过免预约诊所后过了几天，妈妈给我打了电话。她说外婆突然出现在了自己的梦里。

外婆的名字叫“五月”。

她身材娇小，但特别能干。外公虽然也在工作，但仅靠他一个人工作供不起 4 个孩子的生活，所以外婆也要不时出去工作。她夏天会去卖冰的店里干活，冬天就去卖乌冬或者卖御好烧的店里帮忙。在我的记忆里，外婆性格很开朗，每次来我家，都会给我带打折的格力高太妃糖。

她为人亲切，而且遇事从不怯懦。她在商店街抽奖拿到了出门旅游的名额，于是只带了条毛巾就独自出门了。等她回来，已经在景点那边交上一大帮好朋友了。有一次，我还在家门口见她和一个女性聊了很久的天。见她们聊得火热，我想当然觉得她们肯定是长年好友了。结果外婆告诉我：“我们是在那边巴士站认识的，我还去她家做了客呢。”

妈妈在德黑兰生我的时候，外婆漂洋过海地赶了过去。那

是她头一次，也是最后一次海外旅行。她就那样在伊朗待了3个月。她给还是新生儿的我换尿布，照顾大我三岁的哥哥，保证妈妈的睡眠时长。她一点波斯语都不会说，但很快就和保姆巴吉尔打成了一片。巴吉尔感冒的时候，她还用自己带来的改源牌感冒药治好了巴吉尔的病，此后，保姆每每想起都会不停感谢她。

外婆明明在异国他乡如此活跃，可回国后，长子（妈妈的哥哥）在地球仪上把伊朗的所在地指给她看时，她却超级吃惊地问：

“欸？我，我竟然把印度都越过去了？我走了那么远的吗？”

外婆一直崇拜弘法大师，在她心里，远行出海的最高峰，就是抵达“天竺”，也就是印度。她都不知道伊朗究竟在哪儿，出生之后也是头一回搭乘国际航班（在不知不觉中越过了天竺），远道前来帮助妈妈。所以，在妈妈心里，外婆当然是非常特别的存在。

“你外婆要回去的时候啊，一直、一直在哭。怎么都停不下来。”

兄妹四人里，妈妈是老幺，也是唯一的女孩子。大概是因为无须对孙子们挂心，所以我和哥哥常挨外婆呵斥。她带着我出门的时候，如果发现电车里没有坐的位子了，就会在地上铺

张报纸，席地而坐。搞得我有些丢脸。不过，即便如此，我还是最喜欢外婆了。我尤其尊敬她的手艺。她会给妈妈缝补和服，还为我缝了无数只沙包。无论多么剪不断理还乱的线，只要外婆上手，都能梳理得顺顺溜溜，就像施了魔法一样。

某天，练习网球挥拍的哥哥发现外婆一直盯着自己的动作，于是他说：

“外婆，这个球拍可轻了。”

外婆一听就说“那我也想拿拿看”。可当哥哥把球拍递给她时，外婆因为球拍太沉，险些把它摔到地上。可外婆还是坚持回应：

“很轻！真的很轻！”

见外婆这样嘴硬，大家都忍不住笑了起来。

外婆在我 12 岁那年患胃癌过世了。她生前最后一句叮嘱，是“大家要好好相处呀”。虽然她已经去世，但我们一家人聊天时常常会聊到她，她在我们全家人心中的存在感都非常强。

是我的外婆，变成了蜘蛛。

“妈妈，外婆在你梦里笑了吗？”

“没有欸，她没笑。”

外婆变成了蜘蛛，咬了我。

“加奈子，你为什么这么问呀？”

告知我结果的，是一通电话。

诊所医生给我打电话的时候，我正在做整体理疗。因为练习泰拳和柔术，我感觉身体疲惫不堪。

我已经练了有一年柔术了。后来因为新冠，不得不暂休了大概半年。最近才又开始练起来。同时还开始学泰拳。这两种训练我每周各练 3 回，总计会跑 6 次健身房。除此之外，我的柔术还附带一对一指导训练。

我尤其喜欢练柔术，并且练得非常投入。我会和指导老师贝尔纳德对打一小时，打得我手指都脱皮渗血了。当脖子被勒住、身体被另一个人死死压住、双腿遭扫踢的瞬间，我满脑子只有“怎么办？”，无法思考任何其他。要做的事那么多，那么复杂，而对抗这些难题时，我的情绪是极度单纯的。这种感受深深吸引了我。

无论跑去健身房训练了多少次，我仍旧很弱。我总是慌里慌张地被打倒（就连比我晚来很长时间的学员都能打倒我），其实，我也不清楚自己为什么要坚持做如此不擅长的事。可是，为了变得更强些，我拼命吃饭，在家锻炼肌肉，休息日出去跑步。后来的后来，聊起这段日子，丈夫还说：“你当时那种锻炼方法实在不寻常。”或许，我的身体是预见到了接下来要接受治疗，所以才会这样为之后的治疗做准备。说起来，我

的生日其实就在 5 月。过完生日的第二天起，我就彻底戒酒了。其实也不是故意去下什么决心，而且我当时也并不知道自己的身体发生了什么。可是，我就是在生日当天喝了红酒，从第二天起就一滴酒都不沾了，因为感觉不需要酒精了。

我以前特别喜欢喝酒，简直嗜酒如命。尤其是来到了加拿大。哥伦比亚省产的红酒非常好喝，我每天都要喝到尽兴（尤其喜欢一款名叫 NARRATIVE 的红酒）。自从新冠疫情开始，我又尝试起了伏特加。每天我都会一边做晚饭，一边啜饮伏特加兑柠檬苏打或者金汤力。我原本是个无酒不欢的人，根本不敢想一天不喝酒的生活会是什么样子。可是，喝酒的欲望就那么戛然而止了。总而言之，当时我的身体，称得上是有史以来最健康、最干净的了。

我请理疗师暂停，接起了电话。这回对面的人又换了，不是上一次的那位女医生，而是变成了一个男医生。他自称“威尔”，然后语气温柔地告诉我，穿刺已经出结果了。

“您患了 invasive ductal carcinoma。”

Carcinoma，这个词是什么意思，我不太清楚。于是我反问：

“请问，是癌症吗？”

于是他回答：

“是的。我能通知您的只有这些。下周一或周二，癌症中心会给您致电。如果您没有接到那边的电话，请再给我打电话吧。”

8 月 17 日

我准备从今天开始记日记。

我已经好久没写过日记了，不知道该写点什么。今天医院通知我，我得了乳腺癌。我从没想过，自己有一天会写下这句话。乳腺癌。可是，除了这个词，其他的我一无所知。我的病情发展到几期了呢？我能活下来吗？塔利班正在压制阿富汗。电视上播放的新闻净是些让人绝望的东西。为阿富汗的女性们祈祷。

星期一，癌症中心并没有给我打电话。于是，我等不及星期二的早上，直接给诊所打了电话。

接电话的是一位女性，但是她并没有帮我转接威尔医生。

“威尔医生说要我等待癌症中心联络，如果那边没给我打电话，就再联系他。”

我这样解释。但对方只告诉我“我们已经发送传真给癌症中心了，再等等吧”，就挂断了电话。我焦躁地等待着，结果当天我还是没接到癌症中心的电话。星期三一大早，我再次给诊所打了电话，接电话的还是昨天那位女性。

“我昨天不是说了吗？我们已经给那边发过去传真了。因为你这样催，我们发过去两回了欸。癌症中心的人也很忙的，所以说了让你等等啊，我们也没办法的好吗？”

她的语气听上去非常焦躁，或者说，明显生气了。嗯……可是我，我不是得了癌症吗？我心想。也就是说，你是在对一个被人宣布得了癌症，但什么其他信息都不知道，非常不安，英语又不是很流利的人，这样子发火，是吗？

常听人说，温哥华这座城市充满多样性。

大量的移民从各个国家拥进这座城市，在这里，我们能听到带着各种口音的英语。我的英语老师麦克告诉我，如果把纽约比喻成一个大熔炉，那温哥华就是“马赛克”。因为在这里，大家都不必放弃自己的文化去“融入”。大家可以保留和尊重自有文化，按照自己本来的模样去生活。

我在这座城市里遇到的人都很温柔。虽然我英语说得不

好，但大家都会努力去理解。听到我说“我英语不太好，真抱歉”的时候，他们还会反过来对我道歉：“我才是呢，我不懂日语，真抱歉呀。”

所以，接电话的这名女性的态度着实令我惊讶。在温哥华，我还是第一次接触到这么烦躁的人。好不容易，我才从眼瞅着就要挂断电话的她口中问来了癌症中心的电话号码。这回我自己打电话好了。语速极快的录音指导在耳边响起，我稀里糊涂地按着电话按钮，最终联系上了负责接待的男性。他的态度倒是很好，但是听完我的一通解释，他说：

“您是我们癌症中心的患者吗？”

他就只问了这么一句。

“我应该要进您这家医院治疗，正在等您这边联系我，但是一直没接到电话。”

“您的主治医师是哪位？”

“我不知道，我觉得这个事情应该是你们告诉我才对啊，我一直在等你们联系我。”

接下来，对方就是好一通绕弯子，最终电话那头变成了根本听不清楚的录音声，然后挂断了电话。自得知患癌起，那一天是我第一次哭。我一边哭一边想：我好想回日本。如果是在日本，我绝不会遇到这种事的。

可是，这回又变成日本的新冠患者数达到峰值。大部分大学医院都变成了新冠指定医疗机构，癌症手术和化疗所需药物的进口也大幅延迟，几乎无法接收新患者。如果患上了发展速度非常快的癌症，那就是和时间赛跑。但我现在就回日本，首先就得隔离两周，然后去医院，请医院开具介绍信……想到这儿，我意识到回日本治疗是不现实的。

我有个叫阿曼达的朋友，是在这边做麻醉师的。她在 7 岁那年和父母一起从中国台湾来了加拿大，随后又在各个国家辗转，最后在德国学了医。她很擅长踢足球和弹钢琴，滑雪、玩雪橇、骑车越野、风筝冲浪也都是信手拈来。在我看来，她真是最酷的那种女性。当然，她之所以可靠可信，也不单纯是因为擅长这些运动。最重要的是，她是医疗从业人员，所以我就跑去找她商量了。

我们在 Farmer's Apprentice 吃了顿晚饭。我非常喜欢这家餐厅。餐间，我点了无酒精的鸡尾酒，她点了红酒。

阿曼达听我讲述了前因后果。据她的说法，温哥华在癌症治疗方面非常优秀，虽然进入治疗系统里比较困难，但只要能进去，治疗就会非常顺畅地推进。最值得赞赏的是，就算在疫情防控期间，这边也基本不会像其他省或者其他国家那样推迟癌症手术。听她这么一说，我算是下定了决心。

我右胸的硬块，一摸便知又变大了些。而且还不时针扎般刺痛。

这就是死亡这种东西的难点所在吧？只有足够具体，才会开始感到疼痛。只要一切尚且朦胧，死亡就不过是身后响起的些许噪声罢了。

——布里特·本尼特《消失的另一半》

得知自己患癌后，我马上把一切都告诉了我的朋友典子。

她努力帮我平复了恐慌情绪。

“加拿大人也有做事犯迷糊的情况，但这么重要的事，他们一定会联系你的。”

她陪着我再一次给诊所还有癌症中心打了电话。典子 6 岁的孩子小空和我 4 岁的孩子 S，当时在同一个柔术教室上课（我也在那边的道场训练）。趁他们俩上课期间，我们跑去了 Grounds For Coffee 咖啡馆，按开免提又打了一通电话。那一天诊所的前台依然暴躁。典子说：“请你们用邮件发一下诊断书的复印件。”对方只说了一句：“知道了。”就马上想挂电话。

“等一下，你知道加奈子的邮件地址吗？”

“啊，知道知道。”

“以防万一，让我确认一下好吧。你能读一遍邮箱地址吗？”

典子尽量用很慢的速度仔细说着，就好像在和小狗说话一样。

“别挂电话，先别挂电话哦。”

可是，诊所的前台还是在确认到一半的时候就把电话挂了。咔嚓一声。

“这家诊所真的……好过分。”

典子虽然这样抱怨，不过诊断书倒是马上就发送过来了。那个威尔医生说得没错，诊断书上写的是乳腺浸润性导管癌。我马上上网去查，发现这好像是一种比较常见的癌症。不过除此之外，就没写什么有益的情报了。所以，那个威尔医生大概除了病名也不知道什么别的了吧。毕竟，医疗已经细分到了如此细致的地步了。（而且，我每次去这家诊所，都会换不同的医生，那医生对患者的情况就更不可能太了解了。）

典子也给癌症中心打了电话。很快她就联系到了相关部门（看来我的英语确实是太差了）。那边的负责人说，传真的确收到了。但还没确定是哪位医生负责，等确定了主治医师会再联系我。

这个……那为什么之前要说周一或者周二会给我打电话啊？我心想。

“你按他们预定的那个时间再往后推个两三天才差不多，运气不好的话甚至可能会晚一两周才联系呢。”

典子这样告诉我。多亏有她，真是帮了我的大忙。其实她不单在那天帮了我，在各种方面，她都帮过我很多很多。

她在加拿大已经住了 16 年。

典子在东京工作时，和一个名叫戴维特的加拿大人相遇在一家当时刚开张的星巴克里。和戴维特结婚后，他们辗转比利时、多伦多，最后定居在了温哥华。经由朋友真纪介绍，我第一次见到她的时候，一眼就喜欢上了她。典子很幽默，为人真诚，把帮助他人当成特别自然的事，同时又很有边界感。

戴维特出生于新斯科舍省，是个素食主义者，常年练习瑜伽。他还会用日语和我们聊天，说些类似“我是个偏文科的理科生啦”的话。他特别喜欢拟声词，汉字也读得十分流畅。平时时常会为了他人到处奔走帮忙。这一点和典子很像。

我们两家的孩子年龄相近，所以每到周末都会和他们一家人一起游玩，还频繁地一同出门旅行。不知从何时起，我们相处得好像家人一般亲近。

其实，典子在医疗方面也曾有过很糟糕的经历。

她住多伦多的时候得了膀胱炎，于是给诊所打电话。结果对方告诉她预约已经排到了 9 月份。内心绝望的她只好拼命寻求中医帮助。最终还是靠自己治好了病。还有一次，她因为全身奇痒难忍，费了好大的力气才约到号。可是等她到了那家诊所，前台的人却反复问她："你真的约过吗？"而且最终决定要把她轰走！典子只好给做医生的朋友打电话。于是她朋友隔着电话大吼前台："我就是医生，你们赶紧给她看病！"前台一听，态度立刻变了，典子马上就看上了医生。（虽然当时的诊断结果就只有"去泡澡"这三个字。）还有一次，她因为流产腹痛，接受了急救。结果每次出现在她面前的都是不同的医生。每一个医生都（逼迫她）把病情再复述一遍。其中甚至还有医生问她：你自己谷歌过你这个症状吗？她的这些经历个个都让我目瞪口呆。不过典子却笑着说：

"所以啊，我来温哥华时，感觉好像到了天堂。因为至少有医生给我看病，而且这些医生也是真医生。"

典子是个生命力旺盛，浑身都仿佛在熠熠闪光的女性。她一直都是如此，生命力非常强，无论遇到什么困难，到最后她都有能力把困难变成笑容。这究竟是她在加拿大生活了 16 年培养出来的力量，还是她本来就有的能力呢？当时的我，尚不清楚。

两天后的星期六，癌症中心给我丈夫的手机打了电话。当时我还是和典子在一起，我们正在吃乌冬面。

想在温哥华找到美味乌冬，真是难于上青天。之前见菜单上有“nabeyaki udon”我便兴高采烈地点了，结果端上来的是炸土豆和煮坨了的乌冬，里面不知为何还有西兰花。不过，我后来在孩子们常去的足球教室附近找到了一家味道很棒的乌冬店，叫“Motonobu Udon”。每次练完球，大家都很期待一起去那边吃饭。我每次都会点一份加了豆腐（油炸的）、裙带菜和炸牛蒡的乌冬面，还会点份山药糊做浇头。我是那种一旦发现喜欢的东西，就绝不会再冒险尝试其他东西的人。在食物这方面我更是极度保守，保守到我自己都会觉得不好意思。

“面会？和加奈子？”

听电话的丈夫显得有些慌乱。我当时心想：“我是之前预约了什么餐馆吗？”问了丈夫，他好像也没预约过这些。于是他正想要挂电话，又忽然想起什么，问了一句：

“请问是癌症中心吗？”

我正吃着乌冬的手停下来。他们真的打电话来了。可是，为什么是打到我丈夫手机上呢？为什么在周六打过来呢？我头脑很混乱，不过还是在典子的陪伴下拿着手机走出了店外。电

话那头的女性一直在喋喋不休，我把手机换给典子听，终于搞清楚对方是要我和肿瘤专家约个面谈时间。

“可以 9 月 2 日和大夫见面，行吧？”

9 月 2 日那天其实约好了要和典子一家还有其他家庭一起去露营的。可是，电话那头的女性却一副毋庸置疑的态度。最重要的是，我真的还想多了解一下自己的病情，不能再等了。

承诺了对方提出的需求，听过地点和时间的安排后，典子用十分温柔的声音问道：

“我都明白了。很清楚。不过，如果，我是说如果，如果我们希望能更改面会日期的话，请问是可以的吗？”

对方立刻发起火来。

“你说啥？我跟你说了这么半天，结果你说要改日期？你再说一遍？”

典子惊得眼睛大睁，立刻一迭声地回答：

“好的，好的，不变了，会准时去的。”

她的语气，又变成了那种好似在和小狗说话一般的调调。

“啊哈哈哈，这个人也够过分的！”

后来才知道，癌症中心的人好像一直打错了电话。后来从我的 MSP 资料上好不容易查到了我丈夫的电话号码，于是专门在周六打来电话。所以……就变得这么焦躁了（于我来讲，

这个前台是我遇到的第二个“超级焦躁的温哥华人”）。

谁管你啊？我心想。

我给诊所留的电话明明就是正确的。而且当时威尔医生也确切地联系到了我。既然打电话联系不上我，那问一下诊所不就好了吗？话又说回来，都摸到我的 MSP 上去找到我丈夫的电话号码了，那我的电话号码也在上头写着的啊！我想吐槽的内容可太多了。可是，现在已经不是吐槽这些的时候了。总而言之，主治医师看来是定好了，和他见面的日子也定好了。到时候就知道我的癌症究竟发展到什么程度了。

8 月 21 日

癌症中心打电话过来了

笔记：9 月 2 日 8：10 医疗中心 8 楼

罗纳尔多医生是一位肿瘤医生？主攻的是，肾脏？

那么美味的乌冬面被我剩下了，好可惜。

没法去露营了，好可惜！！

温哥华，是一个被大自然围绕的城市。

住在东京时，我感觉自己离大自然很遥远。虽然偶尔也会和丈夫一起登山，但自从有了孩子，就没再去过了。露营更是仅仅经历过一次。唯一能接触自然的机会，是在家附近的公园慢跑。

我很喜欢时髦的东西。伊势丹是我的圣地，每个月我都要去那边逛上几次，买衣服、鞋子。但是，自从来了温哥华，我就不再这样买东西了。我还是很爱时髦，看看时髦的东西也会很开心。但是不再想穿到自己身上去了。当然，这边也有很棒的餐厅，会让我想要穿得光鲜亮丽地就餐。但这种地方我去得并不频繁，就算要去，也只需准备一件合适的衣服就足够了。而且，就算穿了好看的衣服鞋子，这边冬天雨水不绝，路上还又湿又滑的，也会弄脏。

不知为何，温哥华这边的人都不怎么爱打伞。潜移默化地，我也习惯了不打伞。遇上下小雨就穿件连帽外套。又出于同样的原因，我也逐渐不再涂粉底了。自从有了疫情，我连口红也不擦了。

花在外貌上的钱大幅缩减，取而代之的是对屋外产品的投资。防雨的大衣、自行车、可以将自行车装在车上的自行车架。还有滑雪板、雪橇板，然后就是露营用的帐篷或睡袋，还

有水桶、雨棚。

尤其是去年，因为疫情的关系，能去的地方很有限。国外自不必说，就连在加拿大国内旅行也遭禁止。于是我们就频频跑去近郊露营。一般比较有人气的露营场地转眼就预约满了，新冠疫情期间这个情况更加突出。我们在场地预定开放日的两个月前，早上七点钟就各自守在了自己的电脑前，还一边开着 zoom 的作战会议一边逐一预约露营场。就这样，我们一共去露营了三次。

最难以忘怀的，是在拉斯特雷弗海滩的那次露营。我们要坐渡船从温哥华开到温哥华岛上的一个叫纳奈莫的小城。然后再开车 40 分钟左右，才能抵达海边。这儿还被称作兔子海滩，滩如其名，这儿生活着好多兔子。这些兔子似乎早已习惯人类，也很亲人。还有些小兔子甚至能坐在人的手心上。S 和其他小朋友会和小兔子一起奔跑，还在浅海附近玩水。我在这儿挑战了劈柴火。到了夜晚，摇摇欲坠的星辰震人心魄。清早，我们的帐篷附近出现了一只小鹿。它的双瞳黑溜溜、湿漉漉的。

今年各种限制都放宽了，于是我们 11 个家庭，一大帮人一起去了库尔图斯湖。因为一不留神就会找不到人，所以小孩子身上全都戴了荧光色的安全带。我们动不动就得点一下小孩

子的人头，还要准备大量的食物给孩子们吃（我负责准备年糕，所以孩子们叫我年糕阿姨）。我们走了湖边小路，在湖里游了泳，大家都被蚊子尽情叮了个透，人人晒得黝黑。早上睡醒之后，我在帐篷外烧水，正赶上一只浣熊从树上蹦下来。它一点不怕我，光顾着去扒拉晾干的毛巾和大家的泳衣。

没法去露营了，真的好遗憾。这简直就是彻底剥夺了我对夏日的期盼。所以，在和罗纳尔多医生面谈后，我们自己一家人单独跑去惠斯勒待了两个晚上。那儿是著名的滑雪胜地。

加拿大人在夏天会跑去滑雪场骑山地车（很多人因此受重伤）。我们家有孩子，所以不会那么做，不过我们去了一个大型的骑行公园和滑板公园。S 当时在学滑板，所以在那个公园玩儿了好久（我丈夫也在玩滑板）。较年长的孩子偶尔也会教教 S，看着那些技术高超的年轻滑板手的动作，我也非常享受。

无论医生给我下了什么样的诊断，惠斯勒都能让我短暂地忘记痛苦，不是吗？我这样祈祷着。

9月2日

罗纳尔多医生是个很温柔的人。他说我得的是乳腺浸润性导管癌，这是一种雌激素受体和孕酮受体、HER2蛋白都不存在的癌。占乳腺癌整体的15%~20%。预后效果差，很容易复发。因为激素治疗无效，所以重要的就是通过化疗进行彻底治疗。我胸部的硬块现在有2.9cm大了。这4个月它长大了约2厘米。一想到要是一直等着回日本检查会怎样，我就感到脊背发凉。我在网上查了乳腺浸润性导管癌的信息，我发现这是我最不想得的一种癌症。

最后，我们在惠斯勒的滑板公园待了大约7个小时。

在丈夫和孩子玩滑板的时候，我独自去散步了。天空略有些阴霾，风吹起来很舒服。

我前面走着两个年轻女性。她们穿着相同的人造毛皮靴，和我年轻时穿过的一双靴子长得很像（就是摔跤手Bruiser Brody会穿的那种靴子。我当时特别喜欢那双鞋，一直穿，最后鞋底都

磨出洞了，下雨天水都漫进了鞋里）。

突然，那两个女孩都停下了，她们蹲下身，紧盯着地面。我正要超过她们，却正巧和其中一个女孩对上视线。

“你看。”

她伸手一指，我顺着她手指的方向看过去，发现是一只10厘米长的毛毛虫横躺在了路上。它通体黑色，但被阳光照到的地方能看出是深蓝色的。毛毛虫身上还长着一些白色的斑点，好似穿了一件优美的碎点花纹和服一样。它扭动着身体，一点又一点地挪动着。

“这东西会变成什么啊？”

另一个人问道。

“不知道，应该会变成蝴蝶吧？”

“哎呀，那它应该会变成一只很大的蝴蝶吧！”

她说着，开心地笑了。

“嗯，不过它现在也很漂亮呢。”

我说。

“嗯！确实是呢，不过，还是希望它能变成蝴蝶呀。”

对方答道。

“你看，它爬起来这么慢，一定很累，变成蝴蝶就能在天上飞了呀。”

我走到了她们前面，她俩好像还在观察那只毛毛虫。我走出去几步之后，突然想起了什么，对她们大喊了一声：

“靴子真好看！”

两个人同时回应我：

“谢谢！”

晚上，我在放洗澡水的途中偷偷哭了。还能听到浴室外，丈夫和 S 的笑声。为了不让他们听到我在哭，我把水龙头拧得很大，热水轰隆隆涌出来，咕嘟咕嘟冒着泡泡，逐渐铺满整个浴缸。我凑近浴缸，对着那缸热水大喊：“我好怕！我好怕！”

> **我能够听到来自它内部的声音。就像摇滚乐一样，啪啪地响着。我能听到它的声音。多年以前，我曾在科学课上学到过。当一颗衰老的星星即将崩塌，它将在一生中最后的时日里突然膨胀，随后变成极超新星爆发。极超新星。我感受到的就是它。我的太阳系已经奄奄一息。我将全身浸泡在浴缸里，过了很久，很久。**
>
> **——卡门·玛丽亚·马查多《派对恐惧症》**

患癌之后是否告诉亲人朋友，这一点因人而异。

有些人不希望远隔万里的家人们担心自己，有些人讨厌被人同情。我还曾经读到一些人在日记里写：不喜欢那种听说自己得了癌，就觉得“你快死了”的感觉。

我的选择是马上把自己患癌的事告诉了我的朋友们。先是典子，然后是我在温哥华的所有朋友。当然，日本那边的朋友我也都告诉了。可能是性格使然，这种事我确实憋不住。还有，我希望大家以我为戒，都去检查一下身体。我相信，肯定有人和当初的我一样，从没想过这种事会发生在自己身上。

我在 LINE 上收到了许许多多充满温度的留言。有朋友大半夜从日本打来电话关心我。有朋友在电话里哭了，有朋友安慰我：“活了 44 年了，身体确实会出现点小毛病。”还有朋友鼓励我：“什么浸润性导管癌，听上去像个弱爆了的摔跤组合一样，肯定分分钟就解散啦！”

我留在最后传达的，是我的亲人。尤其是要不要告诉母亲，我犹豫到了最后一秒。

妈妈是个天真又正直的人。在我还小的时候，她就不会摆出一副家长做派对待我。也就是说，她绝不会对我动用家长的权威。她非常平等地对待我，而且从不隐藏自己的感情。所以她身上总能让人看到一丝孩子一样无邪的气息。在我长大成人

后，我甚至有种自己和妈妈的角色互换了一样的感觉。妈妈很依赖我，我为自己的可靠感到骄傲，妈妈也很认同我的这份骄傲。

患癌的事，一开始我本来是想瞒着她的。还是因为我太乐观了，我本以为就算是得了癌症，只要把患病的部分摘除就好了。可是，一旦要接受化疗，我可能就会脱发，而且体重也会减轻，所以我决定和她坦白。

妈妈哭了。但是她表现得比我预想的要冷静。我想，她一定是为了照顾我的情绪才这样的。一想到妈妈这么感性的人，要费多大力气才能压抑住自己的情绪，我就感觉胸口发紧。听我说了准备在加拿大这边接受治疗，妈妈也没有表现出动摇，她明白，新冠疫情期间，要我跑回日本治疗是非常困难的一件事。于是她最后说：

“那妈妈就只能为你祈祷了。”

这也是我所期望的。我希望妈妈能为我祈祷。因为我相信她信仰的强大。

或许是受了尊崇弘法大师的外婆影响吧，妈妈能熟记般若心经，还和父亲一起去过四国八十八处灵场[1]无数次。我因为不孕不育的情况，常年接受治疗，反复流产，好不容易怀上

1 八十八处灵场：位于四国的八十八处（弘法大师的）灵场。——译者注

了现在这个孩子的时候，她为了祈祷孩子平安，还去做了百次参拜[1]（没错，当时也是我拜托了妈妈，请她为我腹中的孩子祈祷）。

我把蜘蛛的事情也告诉了妈妈。还说是外婆变成了蜘蛛咬了我。电话那头，妈妈突然沉默了。原来，在我给她打电话的前一天，她也在洗脸池旁看到了一只很大的蜘蛛。

然后是第二天，妈妈又看到了一只更大的蜘蛛。那只蜘蛛有妈妈的手掌那么大，就静静地趴在厕所的墙面上。

妈妈哭了。

是外婆回来了呀。

“加奈子，别怕！”

说完，她就马上去做百次参拜了。

紧接着，铺天盖地的检查接踵而至。核磁共振，PET 检查，穿刺检查。负责检查的护士都穿着便服。而且，不知为何，其中大多数人手臂上都有文身。

为我做 PET 检查的时候，护士问我：

“等待期间您要听 Spotify 吗？用我的账号就可以。”

1　百次参拜：为了祈祷疾病痊愈等前往神社和寺院，并在其区域内的一定距离内往复 100 次，每往复一次就需礼拜一次。

“没关系的，不用了。”我婉拒她道。

随后我又补充了一句：

“您真温柔。”

听我这么一说，她不知为何大笑起来。

这一次的穿刺要比 8 月份做的那次更缜密。负责穿刺的是一名实习医生，叫马克。全程还有另一位名叫山姆的前辈医生陪同。马克对我说：

“今天来的医生都是男性，如果您对此感到不适，请随时和我们反馈。”

我没想到他会这么说，所以还挺吃惊的。随后我告诉他：“没关系。”他在穿刺时，一旁的山姆会一边盯着屏幕一边指导：

“马克，这样不对，这样就打弯了，要直一些！”

那架势就好似一个观看篮球比赛的教练。

“没错，是这里！再加把劲！”

我的胸部遭受了好多遍穿刺。啪叽，啪叽！因为马克实在花了太多时间，所以最后两下是山姆做的。可能是因为麻醉的药效快结束了吧，我感觉特别疼。于是哼哼出声。

这时候马克对我说：

“您真坚强！”

9月9日

护士给我打来电话，说有其他人取消了化疗，所以想明天先给我做。我还没做好准备，特别害怕，于是拒绝了她。后来又有别的护士给我打来电话，十分明确地说：“加奈子，你为什么要拒绝？你不应该拒绝的呀，化疗一定要趁早啊。”于是，我也下定了决心，决定明天接受治疗。挂断电话后我开始思索，之前那个取消了治疗的病人，是出于什么原因这么做呢？是因为身体垮了，还是因为不愿意做了呢？即便如此，今晚我还要和小泉今日子在zoom上做一个关于新刊的对谈。小泉女士的声音沉静且优美，起到了镇静的效果。

接受化疗的当天，一大早，我吃下了医生开给我的止吐剂。

处方上写了在接受治疗前一小时服用。我也不知道什么时候开始治疗，但不想等到赶不及了再吃，所以就在预定开始治

疗的一小时前吃了药。

典子和我丈夫一起陪我来了医院。可是，疫情原因，只能有一名陪同人员和我一起进去。而且，也仅限第一次治疗才能有陪同人。

于是，丈夫成了我的陪同人，我和典子就在院外告别了。告别时，典子用力抱了抱我。一旁的护士纳迪亚微笑着，静静地看着我。

纳迪亚再一次向我讲解了化疗的方法。其实之前罗纳尔多医生已经简单讲解过一次，我也拿到了相关资料。不过纳迪亚的讲解更加细致具体。他们还配备了一个可以移动的屏幕，屏幕上出现了一位日语翻译。单是听到讲日语的声音，我就放心了许多。听说除了日语外，他们还能联系上其他各种语言的翻译老师。这还真是很有温哥华特色的系统。

我将每 3 周接受一个疗程的治疗，总计需要接受 8 个疗程。前 4 个疗程是每周投放一次紫杉醇，每隔 3 周还会同时注射卡铂。今天是第一次接受治疗。后 4 个疗程要换成 AC 疗法。AC 疗法是每 3 周注射一次环磷酰胺和阿霉素。也就是说，我要接受总计 24 周，长达 6 个月的治疗。据罗纳尔多医生的估计，手术要在化疗后，差不多就是来年 4 月份的时候做。届时，负责主刀的医生会再和我面谈。我的肿块很大，发展得很

快。所以医生们希望可以先通过化疗手段让病灶缩小一些，然后再手术。

听完纳迪亚的一通说明后，丈夫就走了。纳迪亚说会在结束治疗前 30 分钟给他打电话。

我等到丈夫离开，下意识小声嘀咕了一句：

“每周化疗，感觉好辛苦……”

于是纳迪亚耸耸肩说：

“不过，每周验一下血，这样比较方便掌握你的身体状态。等到后一半的疗程就是 3 周做一次，可能会相对轻松。不过到时候身体方面的不适就要您自己多多注意了。”

“不适？”

“最需要注意的就是发热，因为担心发生感染。一旦体温超过 38 摄氏度，请马上拨打急救电话。”

她说的所有内容其实资料上都有。而且我之前也在网上查了不少相关信息。日本那边的网站上大多写的是“体温超过 37.5 摄氏度时”。可能西方人和日本人的基础体温不太一样？我是基础体温偏高的那种，但是不是要等烧到 38 摄氏度再去急诊呢？我其实也很迷茫。

“止吐剂带了吗？”

纳迪亚问我。

“啊，止吐剂我在家吃过了。”

“欸？是吗？那个不是要在家吃的啦，是要带过来的。我们这边会把正确的服用时间告诉您的。”

“这样啊……真对不起，那怎么办？”

“完全不需要道歉！不过，今天的化疗可能会因为白细胞数值太差喊停。还有，我们不会马上就给您化疗的，会在化疗前先给您服用止吐剂，或者打类固醇一类的点滴。这些要花大概一小时的时间哦。”

“我明白了。”

只要有不明白的地方，哪怕一点，也应该打电话问问。毕竟这儿不是日本，不会有人那么贴心地提前打电话给我，用极其礼貌的语气告诉我各种细节。

“打左手还是右手？”

我想把惯用手空出来，所以请对方帮我打了左手。纳迪亚用针扎进了我的手背，然后拿医用胶布固定好，开始打点滴。从这一瞬间起，我的身体就已经开始变化了吧，我想。到什么时候我才能恢复原样呢？我听说，化疗产生的副作用会对一部分人产生很长久的影响。

大概 3 小时后，第一次化疗结束了。没有出现我之前非常担心的过敏反应和副作用。丈夫来接我时看我表现得很精神，

也大大松了口气。

入夜，我躺到床上时，突然觉得身体在下陷，好沉重，好沉重。“开始了？”我不由得害怕起来。不过，我最终迷迷糊糊，也不记得什么时候就沉沉地睡着了。

9月10日

今天是我化疗的第一天。因为被注射了类固醇，所以我变得非常、非常嗜睡。简直撑不开眼皮。就在睡意蒙眬中，医院的人无数次和我确认着我的名字和出生年月日。可能是怕弄错人吧。他们还喊了其他房间的护士来确认。我是1977年5月7日出生的。不知为何，我对自己的生日感到有些吃惊。在强烈的睡意之中，唯有我是1977年5月7日出生的这种感受，清晰地残留在脑中。

第二天，我依然尚未感受到副作用。

天气很好，我还能慢跑。因为想着趁精神还不错先办妥，于是我请朋友真由子陪我一起去给医疗用的假发修剪了发型。

真由子是 20 多岁时因为学习语言所以来温哥华留学的。她和与自己同时期来留学的伊万相识，于是结了婚。两个人都拿到了加拿大的永住权。伊万是墨西哥人，他永远是满脸笑容，对所有人都特别温柔。露营的时候，每次吃饭时他都会找到负责做饭的朋友，拍拍他的肩膀夸赞“你做的饭菜真的很美味，谢谢你”。

真由子自幼被教育得非常正直，是个相当正派又如同百合一般真诚无瑕的人。她也像百合花一样，透明、纤细，但又坚韧不拔。永远堂堂正正地生活着，拒绝一切狡猾的心机。

其实，我一个人也能去理发店。但是，我不晓得副作用什么时候会显现出来，心里一直很怕。所以我就请真由子开车和我一起出发了。我们两人去了市里的一家名叫 CuE 的理发店，以前我就经常来这儿理发。

以前我一直都是请拿了工作度假签证来温哥华工作的理发师为我剪发。这些老师都很优秀，手艺也不错。不过大家都是只待个一年半载就走了，这一点让人感觉挺寂寞的。所以，我在几周前还和店里的人说，以后准备请这家店的店主阿正帮我理发。结果第一次请他出马就是为我剪一顶医疗用假发，这委

托不得不说有点奇特。

听我说明情况后，阿正提了个建议：因为假发是没办法在剪坏了之后等它长长了再做调整的，所以他想在营业结束之后好好花时间修剪。于是，我们在晚上 7 点走进了这家店。阿正非常认真，很细腻地修剪着假发。他每动一下剪刀，假发上那不知是谁捐赠的发丝就会一缕缕落到地板上。在此期间，真由子也认认真真地把我化疗时拿到的资料又读了一遍。

“上面写了一定要注意发烧的情况。还有，要是觉得呼吸困难也得马上打急救电话。总之，只要遇到这类问题就赶快打电话，急救电话是 811 哦。”

哥伦比亚省的急救电话除了 911 之外，还有 811。如果不知道需不需要去急救门诊，那就可以拨打 811，求助专业的护士们。

“如果是年过四十再接受化疗，有很大概率会停经。”

我想起了家里的那些卫生巾和卫生棉条。加拿大这边的卫生巾设计得很醒目，我特别喜欢。不是那种淡绿色、浅粉色，而是艳粉红色、松石蓝色、翡翠绿色，总而言之都是特别跳跃生动的颜色，十分好看。接下来我再也用不到那些生理用品了啊，我想。我该高兴还是该难过呢？当时的我，并不清楚。

阿正花了 4 个小时，剪好了那顶假发。他肯定累坏了。毕

竟这是忙活了一天闭店后又工作了 4 个小时呢。即便如此，他在修剪过程中还是一直和我聊着天，假装不经意地鼓励着我。

去年，他的母亲因为癌症去世了。

最后，我请他帮我剃光了头发。既然早晚要脱发，不如先下手为强，主动剃了它。

我以前一直很想剃一次光头试试。想剃秃，想剃秃，就这么想着想着，拖着拖着，如今我这个愿望终于实现了。可是，推子碰到头发的一瞬间，我却哭了出来。我也不知道为什么会这样。真由子紧紧地握住了我的手。

“很快就会长出来的。”

真由子说着，眼眶湿润了。

阿正下了不少功夫，为我剃了一个帅气的光头。结果我发现自己竟然出奇地适合这个发型。我甚至忍不住问自己：为什么不早点试试呀。

在准备付钱时，我被阿正拦下了。

“请您赊一次账吧。”

他说。

“所以，一定要再来哦。”

于是，我又一次流下了眼泪。

9 月 14 日

我去了 S 的柔术课。S 比谁的声音都响亮，他还拿到了晋升的带子，特别开心。我把自己患癌的事情告诉了贝尔纳德、哈雅和凯尔。还说我可能暂时没法来上柔术课了，但是偶尔还想来观摩学习。于是他们告诉我："当然可以，随时欢迎。"随后，每个人都拥抱了我，用了很大的力气，都快把我掰折了。贝尔纳德对我说："加奈子，我们是一家人啊。"

我觉得留光头的自己好帅，于是请朋友知代帮我拍了照片。她是一名职业摄影师。其实，在日本的时候，我就以作家身份请她拍过照片。

知代是 40 岁时为学习语言来温哥华留学的。后来就在温哥华认识了加拿大人史蒂文，两人结了婚，后来她也拿到了永住权。她身上有一种不可思议的治愈气息，整个人特别温柔，圆溜溜的黑色瞳仁好像某种食草动物一样。就算没有直接触碰到她，也会有一种被治愈了的感觉。她拍下的照片似乎能让时

光缓缓静止下来，我非常喜欢。

我把请她拍下的照片发给了好多朋友，收获了一大波赞扬。我并没有因为大家的称赞感到羞赧，因为我的的确确，就是很美。

希望自己能保持振作的精神，
希望能和自己选择的人成为朋友，
或许每一天都不太安稳，那也没什么关系，
屋顶的颜色，我想要自己挑选。
因为我们，就是这么美丽。

——Kaneko Ayano《灿灿》

第三次化疗后，我开始掉头发了。

与其说是掉头发，不如说是“落下来”的。轻轻一碰，头发就大把大把地飘散下来。洗头时整个浴缸里都是头发，用毛巾擦拭，一整面毛巾都会沾上头发。收拾起来特别麻烦，而且怎么收拾都没个头。所以在头发彻底掉光前，我都用纸巾擦脑袋，浪费了不少纸巾呢。

鼻毛、阴毛也会掉。没有了鼻毛，鼻屎就会莫名攒起来。我左边的鼻腔黏膜比右边状态差些，所以总是会生出一些混着

血的鼻屎。这种情况一直持续到了化疗结束。我本以为阴毛掉了就掉了，不碍事。因为我之前自己也做过脱毛，而且一直觉得没有毛发比较干净。可是，随着化疗进程不断推进，我每次如厕都会注意到自己性器官的异味。一开始还以为是错觉，但随后我发现自己不再分泌白带，阴道内也特别干燥，这才恍然大悟：不是错觉，是真的变了。

护士告诉我：

“因为免疫力低下，身体没有自净能力了，所以会有异味。”

最终，这种有异味的情况也一直持续到了化疗结束。

我一直等着头发彻底掉光的那一天，可是头发却在秃得一块一块的时候不掉了。当时正是为新作品接受采访的时期，所以我戴上阿正修剪的那顶假发接受了采访。

我也渐渐习惯了每周的化疗。

我的身体很适应紫杉醇，所以单独打紫杉醇点滴的时候几乎没有出现任何副作用。状态不错的时候我甚至能去慢跑，或者练练肌肉。问题出在每三周一次紫杉醇混合卡铂的点滴上。

这种药物的副作用是恶心想吐、倦怠无力、口腔内炎症等等。这些症状虽然不起眼，但却非常难受。嘴巴里始终黏糊糊像有一层膜一样的东西，还附带有口气。

我还会心悸。虽然这种心悸的程度不至于让正常生活出现问题，但是爬楼梯的时候总会上气不接下气，就像拼命奔跑过一样。心脏也嗵嗵跳得厉害。我家里楼梯特别多，对一个正在化疗的癌症病人来说，环境很苛刻。我从半地下的卧室里起床后会去位于三楼的起居室，从卧室到起居室这一段路程，我得停下来休息无数次。

虽然化疗很难受，但是能见到负责给我化疗的护士，我还是很开心的。护士们都很开朗，很喜欢哼歌，有时候甚至不是哼歌，而是放声歌唱。护士们彼此之间还会开玩笑，然后笑成一团。（有一次前台的塔莎和护士们一齐爆笑，搞得我只好一直等到她笑完才能办手续。）很多护士胳膊上都有文身，甚至还有些人连制服都没穿。对只去过日本医院的我来说，这些细节都令我感到很吃惊。

我三十出头那会儿曾经得过扁桃体周围炎。当时扁桃体蓄脓，疼得连口水都吞咽不了。无法经口摄入食物，只好住了一周的医院，靠打点滴续命。因为除了嗓子别的方面都没问题，所以我当时还把工作也带去了病房，而且还会画画，和每天来看我的妈妈聊天。

当时的护士们都很温柔，护理方面更是细致得惊人。每次一按呼叫铃，她们瞬间就会跑过来。

“西女士，您没事吧？”

“有什么需要我们帮忙的吗？”

“我陪您去洗手间吧？”

当时的我感觉自己好像个被惯坏的国王，舒舒服服过了一星期。日本的护士真的太好了。

不过，加拿大的护士从其他角度来说，也是最好的。她们绝不会惯坏我。当然，如果我有需要她们会毫不犹豫地来帮忙，而且也愿意陪我聊聊我的苦恼。但是，我们之间是平等的。也就是说，我在这里并不是什么国王。

“加奈子得的是三阴性乳腺癌呢，好嘞，咱们早治早好！”

和她们聊聊，我会有种癌症并不致命的感觉，它仿佛只是小感冒，或者稍微复杂一些的流感而已。

化疗过几次之后，我和几个护士也熟悉了起来。

丽萨照顾过我好几次。每次由她负责为我化疗时，她都会夸奖我的静脉。

“你的静脉还是这么棒棒的嘞！超好扎！”

我因为手背血管突出的情况，很长一段时间里都非常自卑。可是被丽萨夸了几次之后，我也逐渐开始为自己突起的血管得意起来。

“我从来没被这样夸过呢。”

“真的吗？你朋友里没有做护士的吗？有的话绝对会夸的。加奈子你的静脉好棒！这样。”

我的静脉真的很棒，经历了 15 次化疗，它都扛住了。

凯利一直都穿一身运动便服。有时是灰色，有时是淡紫色。我一直以为护士一定要穿护士装，但这边的癌症中心好像并不限制穿着。我夸她的灰白头发自然好看，她回答说不喜欢把白发染黑，这样感觉发丝都是化学药剂，很讨厌。她还说自己为了让头发“重新出发”，曾经把头发全都剃光过。凯利很爱开玩笑，我问她：“可不可以帮我拿一条毯子。”她回答：

“一条 10 刀哦。”

每次这样说完她还会附上笑容。我也不知从何时起会开玩笑回答她：

“能先赊着吗？”

克里斯汀总穿着一双艳粉色的匡威，戴一副黄色框的眼镜。她说是为了和有黄色绲边的护士服配套才这么搭的。穿护士服也能追求时髦啊，我不禁感动起来。

“加奈子，你有做什么运动吗？”

有天，克里斯汀这么问我。

“嗯，状态好的时候我会慢跑，或者锻炼锻炼肌肉。”

“不错嘛，还有别的吗？”

“别的？嗯……之前我练过柔术还有泰拳。但现在在化疗，这两个我就没练了。”

“这样啊，那觉得寂寞不？”

“欸？寂寞……嗯，是啊，是有点寂寞。”

于是，克里斯汀望着我的脸，看了好一会儿，然后开口道：

“我不知道医生那边是怎么说的，但我觉得加奈子你想做的话就可以去做啊。当然了，化疗期间免疫力会降低，要小心感染，但你可以观察自己身体的情况，选择一对一授课，或者在能力所及的范围内做做也不错啊！不单是柔术泰拳啥的，你想做啥就做呗！”

我也回应着她的视线，望着她。我听到她说：

“加奈子，不能因为患癌，就失去所爱。”

即便无法知晓逃离绝望的路和去向，我们的精神却可无限扩大，扩大。直到有一天，绝望或许也将变得可以忍受。

——李翊云《理由结束的地方》

如果将注意力全放在一滴水上，会发现那一滴落下的速度

很慢，很慢，好似慢动作一般。可是，如果放眼整体，就会发现海浪奔涌的速度其实是很快的。刚才感受到的那种慢速度简直难以置信。浪头似光速一般瞬间变白，好似那滴水，随即转眼没入蓝色的大海之中。用蓝色来形容未免笼统，其实各个区域的颜色各有不同，有的地方基本是绿色的，还有些是褐色的，水质混浊。不过还是那句话——放眼整体，大海一如既往，是一片蓝色。

从家出发，徒步十分钟就能抵达这片海滩。我几乎天天都会来。天气好的日子里，大海闪着活泼的光，雨天时海面则会宁静下来。我有时会拍下大海的视频发给朋友，有时就坐在海滩边摆着的圆木墩上，什么都不做，只是凝望着这片海。

海的对面，是高楼林立的繁华城市。城市背后，是连绵不断的雪山。在温哥华，城市和大自然共存。说是城市，其实这里范围很小。如果想在城里观光，一天基本就能转个遍了。

我是在 2019 年 12 月来到这座城市的。此前的 5 月，我曾和丈夫还有当时 2 岁大的 S 一起来旅行过。当时我已经把温哥华当成了移居的候选，所以那次旅行还兼有预先踩点的意思。

来之前，我听说这里对孩子很宽松友好。此话不假。S 有时候安静不下来，会在电车里哭闹，或者在饭店吵吵嚷嚷，但没人会表现出厌恶。公交也很适宜推着婴儿车乘坐，而且推婴儿车乘公交的话，肯定会有人起身让座。走在大街上，不少擦肩而过的行人会和 S 打招呼。当时 S 正沉迷龟派气功，记得他举起双手摆好姿势“吼！”的一声，对面路过的两个年轻女性还很配合地“啊啊啊”叫着，摆出被击中的姿势。

那次旅行，我们也来了这片海滩。那天的风很大。也就是在那天，我认识了典子。典子当时就将把小空当养子，自己能拥有小空这样一个好孩子真的很幸运等等都告诉了我。她说，小空是个极感性的小孩，他明确地知道自己不擅长什么，喜欢什么。有时，站在小空的角度看世界，会发现整个世界都不一样，也会让我们再一次意识到，我们生活的这个世界是多么可怕，但同时，它又是那么美好。

我和典子，还有介绍典子给我认识的真纪，三个人在沿海滩建造的游乐场望着小孩子们玩耍。家长们在稍远的地方看着孩子们。就算小孩子有什么冲突，家长们也很少会对彼此道歉。因为小孩子也有自己的人格和规则，所以家长不会过度插手。的确，除非特别小的宝宝，否则大多数人对待小孩的态度和成人并无区别。也正因如此吧，所以无论多大年纪的小孩，

无论对象是多大年纪的大人，他们都能想说什么就说什么。从他们的说话方式也能感觉到，他们都相信自己的想法会得到尊重。

直到现在，我不时还会感到难以置信，自己就生活在这个城市里。

此前我曾去很多国家旅行，每次我都会想象“要是自己就住在这座城市里会如何”。这种想象无须承担任何责任，所以才轻松有趣，没有负担。而如今，想象变成了现实。我身在温哥华，住在温哥华。即便生活的时长有限，但实际居住在这里，给我带来的影响还是很大的。

搬到这儿来没过多久，我突然发现，自己感觉不到某种压力了。这座城市很宁静。不单是噪声少的那种宁静，还是不会被那些咄咄逼人的广告以及印着色情图像的小广告等打扰的宁静。

在东京时，我住在新宿沿线附近。新宿很吵，而且坐在电车里，或者走在大街上时，那些印着诱人照片的成人杂志，还有无数威胁“不能变胖”“不能衰老”“不可以长多余体毛”的广告会拼命地挤进我的视野里。光是看着，就有种无数噪声钻入身体之中的感觉。

住在东京时，我倒并没觉得有多不对劲。无论是诉诸听觉

还是视觉，我都只当是这热闹城市的一部分。还觉得这种喧嚣也能带来些适当的刺激。可是，当我来了温哥华，感受到了一个宁静城市的风貌，我便意识到，东京的嘈杂给我带来了很多压力。

我喜欢东京，特别喜欢。如今依然喜欢得不得了，恨不得马上回去。可是，我不想在大街上看到和性相关的东西，也不希望我的孩子看到这些。就算有些不算那种十分明确的色情制品，可我总是能轻易撞见一些和性有关的东西。而这些欲望的对象，往往都是年轻（有时甚至是年幼）的女性。

温哥华当然也有广告。化妆品广告中会出现漂亮女性，贩卖内衣的商店前也会摆着印有身穿内衣的女性的广告板。可是，它们都不会给人一种女性成为性对象的感受。尤其是内衣店的广告，会有各种体形的女性登场。温哥华推崇每个女性都能接受自己身体、喜爱自己身体的观念，绝不会让人感觉女性是被动的、被消费的性对象。也正因如此，那种带着“威胁感”的广告就不起效果了。没必要苦恼“我应该变成这样才对”或者“我绝不能变成这样”等等。至少，这儿没有什么会让我产生“不该让 S 看到”的东西。

我开始认真思考“找回自己的身体”这件事了。

迄今为止，我受到过来自各方面的影响。这些影响内化之

后，我开始一点点放弃真正的自己，放弃自己所爱、所厌恶的一切。我会隐隐不安于“不想变老”“不把体毛处理好很丢人”等等问题。当然，不能说对所有的一切都放手不管就是对的。实际上我也并没有彻底撒手不管。不过，我确实放弃了时髦的衣服，放弃了处理体毛，放弃了涂粉底。相应地，我也的确找回了一部分真正的自己。至少在眼下，我很需要温哥华的宁静。

此刻，我就在海边的长椅上坐着，眺望大海。

夏天，这片沙滩上有很多打沙滩排球和晒日光浴的人。有肌肉线条好似精雕细琢过一般精致的年轻男人，有领着小狗散步的女性，有捡拾贝壳的阿姨，有套着游泳圈游得很远的老头儿，还有坐着轮椅的一小撮一起来看海的阿姨。真的什么样的人都有。

就算入了冬，天气不错的时候依然会有人来这儿打沙滩排球。但引人注意的不是年轻女性，而是一些阿姨。她们腿上绑着护膝，手指关节上缠着绑带。她们大声呼喊着在沙滩上追赶排球。她们真的很美，美得夺目。

二十来岁时，我曾极度惧怕死亡。当时的我认为年轻就是一切，变成大妈一切就都完了。我们那一代人也大多是在这种思想的影响下成长起来的（很遗憾，直至今日日本仍在这种风

气的笼罩之下）。也就是说，我们的确是受着某种“威胁”长大的。

可是，如今我年岁渐长，成了大妈。我开始思索，自己究竟怕什么？究竟是谁在威胁我们？就算成了大妈，我们也无须为自身的喜悦设限。

随着年岁渐长，我们理应为自己的人生送上祝福。在 44 年的人生之中，我一直凭着这副皮囊活着。自然，我感受得到身体的衰弱。而且我现在还得了乳腺癌。可是，我不该失去愉悦之情。

9 月 29 日

一大早就开始下雨。我放弃了慢跑，改成了散步。下午，我和手术的主刀医生马莱卡见面了。上次我们用 zoom 浅谈过几句，所以这次算第二次见面。她本人和在 zoom 上给人的感觉一致。穿着随意，也很帅气。今天医生没穿白大褂。其实，我见罗纳尔多医生之前，是应该先去马莱卡那儿预约才行的。结果可能是诊

所搞错，我没预约就先见到了罗纳尔多医生。我问马莱卡：“这样是不是会有问题？”她回答：“我没问题的，不用担心。”她还说，我的肿块比较大，所以肯定是越早开始化疗越好嘛。马莱卡摸过了我胸上的肿块，对我说：“哎呀！变小了！蛮好蛮好！”她还问我：“你知道癌转移到淋巴结了吗？”我说：“我不知道。”原来活检已经出结果了，我的癌细胞已经转移到了淋巴结。肺上也能看到阴影，但阴影太小，活检检不出来。这种告知病情的方式还蛮随意的。

听说癌转移时，我首先想到的是“原来癌细胞也是活着的啊”。它也为了要活下去，所以不停繁殖，和新冠还蛮像的。每当研制出了疫苗，新冠就要为了生存下去而不断变异。癌细胞也是一样，它们本身或许并没有伤害人类的恶意，就只是存在着而已，但最终的结果，却是攻击到了我们的身体。

当然，一想到那些患新冠死去的人，还有失去了家人的人，我就感到心痛不已。即便如此我依然明白，新冠本身并无恶意，它的存在，就好似不时会抖擞威风，夺走人类性命的大自然一样，并无恶意。

这简直就像哥斯拉一样啊。是我们的核辐射造就了它，自诞生之日起，哥斯拉就一直在努力活下去。登陆东京之后的哥斯拉光是走在路上就会破坏各种东西，还会夺走人类的性命。它遭受了攻击，于是口吐紫色的火焰，大火烧光了整个东京。可是，这也并非出于恶意而选择的行为。

癌细胞也和哥斯拉一样。就只是它的存在本身和我们的身体水火不容罢了。当某一方想活下去的时候，就势必会伤害到另一方。

乔治·桑德斯在他的短篇小说《十二月十日》中讲了这么一件事。主人公唐·埃贝尔有一位温柔的太太和一个既独立又优秀的孩子。后来，他逐渐年迈，得了阿尔茨海默病一类的病症。

关于这个病，他其实有一些相关的记忆。过去，他一直觉得自己的继父艾伦是全世界最好的人。艾伦很温柔，甚至从没大喊大叫过。结果因为一场病，他整个人都变了样。他会用污言秽语大骂自己的继子和太太，因为他的病，整个房

间里一直飘散着屎臭味，导尿管长期绑在他的阴茎上，他瘦到皮包骨……艾伦当时的状态给埃贝尔带去了极大的心理阴影。

所以，埃贝尔害怕自己也变成艾伦那样。他在获知自己所患的疾病前，就已经开始逐渐丧失语言能力了。

痛啊，痛啊，太痛了。做手术都没有让我哭出来，做化疗时也没有。可是现在，我真的很想哭。因为，太过分了不是吗？每个人原本都会平等地遇到它。可现在，却是我遇到它，却只有我遇到了它。我原本一直期待着，自己能获得什么特别的赦免。可我错了。那个高于我的什么存在（或人），并没有赐予我任何赦免。总有人告诉我，那存在（或人）会特别关照我，爱我。可最后的最后，我却明白事实并非如此。那个远高于我的存在（或人）是绝对中立的。对一切都无任何关爱。它只会兀自行动，压垮一个又一个人。

那无上的存在（或人）兀自采取的行动，也发生在了我身上。

罹患癌症的人一定会仔细思考生病的原因。都是因为我暴饮暴食，都是因为我睡眠不足，都是因为我工作压力过大。最

后甚至还会想到都是因为我没有给流产的孩子祈祷冥福，都是因为我没去扫墓祭拜，等等。

可是，每个人原本都会平等地遇到它。

当然，如果能改善生活习惯，或许可以在某种程度上预防癌症的发生吧。也可以通过定期做体检，尽早发现异常情况。可是一旦患了癌，那在发现的时候，事情就已经发生了。也就是说，这就是一件可能发生在任何人身上的事，发生在了自己身上。

一开始，我想了很多。早知道就该早点去做检查，早知道就那样做了，早知道就别那样做了……可是，那些“早知道”根本没起到任何作用。现在，此刻，我已经身患癌症。这是无法动摇的事实。而且，就仅仅是事实而已。

这种“中立”，这种“兀自”，反倒让我轻松下来了。

当然，癌症很可怕。倘若可以，我绝不想罹患癌症。可是，直到最后我都没有恨过癌症。这是我的身体，癌细胞是在我的身体之中长出的。所以，我没有选择“与疾病做斗争”的表达方式，也没用“被病魔打倒”一类的说法。我只是在接受治疗，这不是在“斗争”。那个偶然诞生，并且想活下来的癌，就生存在我的右胸之中。这是事实。这仅仅是，事实而已。

10 月 3 日

感觉身体好沉，起不来。但是喝了止吐剂又会犯困。我尽量往肚子里塞了点东西。吃了丈夫给我削好的梨子，还有麻里子送来的馄饨汤。我好想开开心心地吃这些好吃的东西，开开心心，吃到饱。

在化疗期间，典子还组织起了 Meal Train。

Meal Train，就是一套由朋友们轮番送饭菜给我的“系统”。朋友们会在日历上写好菜品名称，每天按顺序来送。(结果这套系统一直持续到了我做完手术，也就是说，坚持了半年。)

我吃过戴维特做的乌冬面，真由子做的汉堡，智绘里做的御好烧，阳子做的豆皮寿司，奈绪做的紫菜包饭，阿绫做的什锦饭，克里斯蒂娜做的沙拉，小惠做的关东煮，优香做的罗宋汤，基多做的烤鱼，肯塔做的麻婆豆腐，阿曼达做的意面，麻里做的烤宽面，麦克做的汤，切里斯马做的咖喱，乔做的韩国风饭团，法提玛做的烤鸡。

我深切地感受到了人们亲手制作出的食物给我带来的力量。在这些饭菜中还存在着些什么，这未知的存在牵动着我的身体内侧，促使我的身体由内向外，开始行动起来。

我其实想过很多次，要是在日本接受治疗会如何？因为我时常无法联系到癌症中心的医生，不时会出现突然的日程变更，还有最重要的，语言问题。总之，压力一天天累积起来。所以，我无数次地想：如果是在日本治疗，以上这一切的压力就不复存在了。

可是，倘若真的在日本治疗的话，我还能从各种角度，将这种触动我的存在融进我的内心之中吗？

首先，我做编辑的丈夫是要工作的（他在温哥华的大学上课）。虽然他的工作时间相对灵活，但如果是在日本，他肯定无法像在加拿大这边一样包揽育儿工作。而且，我可能也喝不到他为我煮的蘑菇汤（据说对治疗癌症有益）了，说不定他也没有那个闲工夫早上为我播放莫扎特的音乐了（听说莫扎特的音乐也能帮助疗愈身体）。

如果回了日本，我一定会像之前产后的那段时间一样，一切全都依靠妈妈。我估计会住在70多岁的妈妈家里，吃她为我做的饭，家务也全都得由她操劳。这样一来，似乎也没什么需要请朋友做的事了。

我在日本的朋友们也都很温柔，很暖心。如果有事相托，她们一定都会答应下来。实际上，一听说我得病的消息，她们马上寄来了好多日式料理，还有睡衣、保暖袜、孩子读的绘本……而且每天都会给我发消息。我真的很难用语言说清楚这些文字有多么鼓励我。我不止一次地希望自己能待在她们身旁（当然，还有妈妈身边）。

可是，一旦回了日本，我恐怕会更加客气吧。或许是因为我觉得自己应该能想办法克服困难，也一定要自己去解决问题。所以我可能会强打精神面对大家吧。这与其说是我的性格使然（毕竟，我真的很擅长去依靠他人），不如说应该是和日本的风气有关。那种“我们自己必须坚强”，还有“一家人要管好自己家的人”的观念，可能已经深入了我们的内心。还有一点，就是日本的政治家总爱强调我们是以家庭为单位的。

我产后得到过很多朋友的帮助。每隔两三天她们就会来我家陪我，听我倾诉，还会带来很棒的菜品、蛋糕，有时还会买来一些无酒精的鸡尾酒。可是，当时的我已经在受妈妈照顾了，还花钱雇了月嫂，可以说是把自己的个人生活调整到了万无一失的状态。至少没出现过像现在这样束手无策地说着“帮帮我”的情况。

当然，癌症和生产不同，属于意料之外的突发事件。所以

感到束手无策也正常。即便如此，和在日本的时候相比，在温哥华时，我得到他人帮助的机会的确是成倍增加了。

人在国外时，是不可能谁也不求地独自生活下去的，尤其是我这种语言水平，更是难上加难。我在患癌之前就是如此，从如何拿到停车许可的方法，到哪家商店会卖日本食品，还有家里没人时请人照顾猫咪，我在许许多多的事上，得到了许许多多人的帮助。我已经习惯了受人帮助，与此同时，也已经习惯了帮助他人。当然，我们属于暂留加拿大人员，能帮别人做的事也有限。但是我们可以帮朋友临时看管孩子、帮忙搬家、帮不会开车的人运送重物，能做的其实也有很多。

在我生病期间，尤其要感谢大家帮我照顾 S。S 的朋友雷米一家每周三都会帮我代管 S，每到周末，大家一定会领 S 出门玩儿，有时还会让 S 在自己家过夜。当然也是因为 S 一直都能和最喜欢的爸爸在一块儿，他在那段时间的确没有太多孤单寂寞的时刻。虽然他没有彻底理解我的病究竟是什么，但我在一直卧床休息的日子里，也常能听到从楼上传来 S 的笑声。而且他的开心并不是勉强自己装出来的。S 是由很多人——真的，很多人——抚养长大的。

大家之所以如此习惯互相帮助，也是因为温哥华是一座移

民城市。很多人都是初来乍到，刚来这儿也晕头转向，所以如果不去互相帮助，谁都很难生存下去。

来自印度的切里斯马说过：

“那种父母亲人不在身边的艰难，我真的很懂。”

于是我再度深切地体会到了：人，是无法独自生活下去的。这本应是一个显而易见的事实，可此前的我在心底里总有种我独自一人也能活下去，并且还为之骄傲的想法。至少，在东京的时候我是这么想的。

32 岁那年我买了房子。那是我人生中买的最贵重的东西。我当时手都在抖，同时又很兴奋。我从没想过自己竟然能做到这件事。后来，我捡到了猫咪，遇见了现在的丈夫并且结了婚。但我对“我是一个独立的人”这一点从未有过半点让步。去银行、去医院、办贷款，当然，还有停车，所有这些我都能独自做到。就算乍一看比较难的事，我也一直坚信：只要肯努力，绝对能做到。

可是在温哥华，我却显得那么无力。无论多么拼命地学习，我的语言能力还是有限，单是因为这个，摆在我面前的可能性就瞬间缩小了（毕竟我连给诊所打电话都费劲）。

啊啊，我自己一个人真是什么都做不了啊，我真弱啊。我每天都会这么想。我不会觉得这样有什么羞耻的，也不会对此讳莫如深了。因为，这就是事实。

我很弱小。

我，很弱小。

每天这样提醒自己，我发现自身的轮廓开始变得单纯。我胆怯，同时又感到清爽舒畅。

所以我会沉迷柔术。我没有学习格斗技巧的经验，反应也很迟钝，很容易慌神，一个不注意就会憋气。我是个彻彻底底弱小的人。和别人对打的时候，也会被三下五除二地打趴下。有时我被打倒在地后会一直躺着，直到下一堂课已经开始了都还爬不起来。那时候，我的身体摆出了一个“大”字，仰头望着道场的天花板。

“我，真的很弱小。”

当然，我的确觉得有点悲凉。但当我把这种悲凉收入怀中时，我又感觉自己触碰到了别的什么。没错，我惊讶地意识到：我就是用这副躯壳，和绝对的弱小一同生存着的。

因为啊，我懂了，我现在终于懂了，一点点

地懂了——倘若有人在最后的最后崩溃了，他说了或者做了什么过分的事，他要接受他人的照顾，而且还要重度依靠他人照顾，那又如何呢？又有什么关系？说些怪话，做些怪事，变得又丑又诡异，这有什么错吗？谁说屎不能顺着腿流下去？（中略）我现在依然害怕，但我懂了。在崩溃的同时，还有很多，还有很多美好的点滴存在。未来，一定还有无数幸福的点滴，美妙的牵绊。而那些象征美好牵绊的点滴直至今日，都由不得我来拒绝。（注：此处原本用的是“距绝”，因为主人公在逐渐地丧失语言能力，所以搞错了）过去是，未来也是。

——乔治·桑德斯《十二月十日》

基因检测的结果出来了。

检测确认我是 BRCA2[1] 基因突变。这是一种会导致乳腺癌、卵巢癌发生概率增高的突变基因。演员安吉丽娜·朱莉就有 BRCA1，为预防罹患癌症，她切除了两侧乳房、卵巢以及输卵管。

1　人乳腺癌易感基因 2。

我的肿块长在右边，但是有80%的可能性会转移到左乳房。复发的可能性也很大。从预防角度出发，我最好能把两侧乳房全部切除，包括卵巢，也是切除为好。这种基因突变有50%的概率遗传给孩子。也就是说，S也有可能携带这种基因。医生建议子女在19岁时接受检查，但也要看本人的意愿，因为有些人并不想知道自己有没有携带这种基因。

我把这个变异基因的事情也告诉了我哥哥。如果男性携带这种基因，就会有罹患前列腺癌和胰腺癌的风险。我也告诉了他：是否接受检查当然还看本人意愿。如果是一个健康人去接受基因检测，那医疗保险将不涵盖这部分的费用。像安吉丽娜·朱莉接受的那种预防性切除手术非常昂贵。（她当时也因此遭受批判，一部分人认为她生活优越，所以才能做这种选择。）

人在直面死亡时，会希望这死亡只是自己一个人的事。但往往会把无数人卷入其中。因此，做决断才会变得很难。

有一位女画家，名叫保琳·伯蒂。

我是在读艾莉·史密斯的《秋》时认识她的（艾莉·史密斯会在她的作品中介绍一些艺术家的作品，我时常会去检索她提到的那些艺术家的作品）。

保琳的画非常多彩。就算用到些朴素的颜色，但呈现出来

依然生动华丽。每当凝望她的画时，我就感觉自己在面对一个喜欢恶作剧的女孩子（会让父母头痛的类型），而她正一脸兴奋地对我讲述她心里的秘密。

保琳的代表作是 *Colour Her Gone*。画面中，身穿水蓝色上衣的玛丽莲·梦露，正爽朗地展露笑颜。乍一看，甚至无法立刻辨认出她的身份。因为画中的她和我们印象里那个她（正按着飞扬起的裙摆的她，大胆露出胸部，笑得十分魅惑的她，还有在被暗杀的那位总统生日宴上，用叹息般性感的嗓音唱着生日歌的她，等等）很不一样。

保琳把始终作为性对象被大众消费的玛丽莲·梦露，当成了一个普通的女性，并把她十分放松的一瞬间画了下来，从而解开了玛丽莲身上的“性别诅咒”。这一类的作品，保琳画了不少。将女性从诅咒之中解放出来。不把女性当成客体，而是将她们当成主体，去描绘她们作为一个人的、活生生的瞬间。

保琳在 28 岁怀孕那一年被确诊罹患恶性胸腺肿瘤，也就是癌症。她不愿堕胎，也不愿接受可能会伤及胎儿的放射线治疗。1966 年 2 月，她生下了女儿古德温，在当年 7 月便离开了人世。古德温则在 29 岁那一年因药物摄入过量而亡。

无论如何英年早逝，如何痛不欲生地离开人世，死亡本身

都是公平的。虽然在接受死亡这件事上，我们有可能会采取一些比较戏剧化的行为，但“死”竟惊人地稀松平常。死就像呼吸一般，常伴我们左右。那是一种绝对无瑕的、无比自然的存在。所以我们往往会对它视而不见。

令我们感到心痛的，并不是稀松平常的死亡本身，而是死亡带来的那种“不在”感。那个人，他不在了。只是这一点，就足够让我们情绪失控。可是，“不在”也给了我们认识死亡的机会。虽然痛苦，但我们必须学着认识它。

度过了这个学习的过程后，我们将得到某种能力。那就是悼念死者，并让死者在自己的心中继续活下去的能力。例如保琳，她的作品仍在这个世上“活着”。不过，也不是非要像她那样为后世留下些什么才行。对一切死去的人来说，只要他“生前的确是活过的”（这个表述有点奇怪）这个事实存在，那他在死后也会继续活着。而这些人的“死后之生”，也会对还活着的人的“生”产生巨大作用。生者之生，是反射死者之死的光芒。而这光芒之中不单有怀念，它同时还孕育着对死者寂寞的思念之情。感情，无论是什么样的感情，都是对我们的“生”的一种保证。

可是我学会的，却只有让他们留在我的身边，这样我才能恢复。当我想远离他们，远离他们的“不在”时，我感觉自己的身心在分崩离析。那感觉，就好像误入了一个陌生人的生活之中一般。

——索纳莉·德拉尼亚加拉《巨浪》

她是在何时种下玫瑰的呢？如今，那红的白的花朵已竟相绽放。香气袭来，令人忍不住发出愉悦的叹息。每一年，这些花朵一定都让她无比喜悦，无比自豪吧。让我难过的，并不是从此以后再也看不到它们，这一定会令她心生寂寞。而是因为她甚至再也无法因为看不到它们而心生寂寞了。我们是为那不在而感到难过。我们是为失去本身，是为丢失的一切而哀叹，而难过。而正是这些东西，才切实地在我们内心深处构成了真正的自我。更不用说，那些我们在生命之中想要却最终没有得到的存在了。

——西格丽德·努涅斯《我的朋友阿波罗》

过万圣节的时候，我在脸上画了一个骷髅的模样。

我一直很想去墨西哥过一次亡灵节。在网上搜索亡灵节的相关图片时，我的内心会不可思议地沸腾起来。那些色彩艳丽的骷髅非常美丽，死亡，果然常伴吾身。

我和有墨西哥血统的小花一起画了骷髅妆，很开心。我真的很喜欢小花。无论去哪儿，她都是最调皮活泼的那一个。伴随着小花“呀哈哈哈哈”的大笑声，眼前的景色都变得更加多彩了。所以我在化疗期间经常会看她的视频。

万圣节的时候，我的朋友和他们的家人都聚集到了我家，一起在附近转悠。按传统来说，万圣节其实不是给大人玩角色扮演的，而是让孩子们挨家挨户讨糖的。那天，也有扮成各种模样的小朋友来敲我家的门。

“给糖还是捣蛋！”

孩子们高呼着，于是我们就将准备好的糖果送给他们。他们会把糖果收进随身带着的小筐子里，再继续去敲别人家的门。

孩子们会打扮成自己喜欢的模样。S 扮成了《龙珠》里的孙悟空，小空则扮了《星球大战》里的角色，尼可扮的是蝙蝠侠，雷是猫女，香里奈穿了一套晚礼服，斯凯和健次穿的都是那种充气的恐龙玩偶服。

有不少邻居会在节日装饰上很花心思，还有些家庭甚至会给我一种“是不是把一整年的心思全都投入进去了啊？”的感觉（有意思的是，这一家在圣诞节时的装潢反倒很简朴）。在给小朋友送糖果这一环上，很多邻居也费了巧思。比如，尽量不近距离接触，选择一个长长的管道，让糖果从里面滑出来；比如，直接从二楼撒下去；等等。孩子们高兴极了，兴奋得个个瞳孔大张。

这类的活动基本集中在冬季。万圣节结束后就是圣诞节了，圣诞节结束后是情人节，然后复活节就来了（为了熬过漫长幽暗的冬季，让自己高兴一些，住在温哥华的人们会很努力地花心思去过这些冬天的节日）。

在日本，不单是圣诞夜、情人节，连万圣节也逐渐变成了成年人的节日，但在加拿大这边，节日主角依然是小孩子。扮上自己最喜欢的装束，在晚上和朋友们一起出门闲逛，不，其实基本是在跑。遇到好多好多的“小幽灵”，拿到一个篮子都装不下的海量糖果……以上的种种，一定会永远留在 S 的记忆之中。

说起来，我小时候好像根本就没有庆祝万圣节的习惯（我还是来了加拿大才第一次听说复活节寻找彩蛋的传统）。还有情人节，很可惜，我一直以为这一天的活动就只有给喜欢的男

孩子递巧克力而已。圣诞节倒是一直过得很开心，但并不会像现在这样得到很多人送的礼物（收到的礼物会暂放在圣诞树下，一直忍到圣诞节当天才能拆开）。

我能想起的，是夏日祭典，还有新年。

夏祭日，平常每天路过的那个超市前的广场会好似施了魔法一般，摇身一变，成为一片极富魅力的地方。

我特别擅长捞金鱼，在夏日祭典上，我能捞到店里的大叔接连喊“快饶了我吧！”求我停手。我们会把刨冰上各种颜色的糖浆掺到一起吃掉，然后伸长舌头和朋友互相看着玩儿。明明每种糖浆的颜色单看都挺鲜艳的，但全混在一起掺着刨冰吃下去，舌头却会被染成黑乎乎的。晚上刷牙的时候，舌头上的颜色还会沾到牙刷上。

还有苹果糖。我总是买那种大颗的苹果做的苹果糖，而不是海棠果。但是苹果太大，一次都没吃完过。章鱼烧和炒荞麦面我和朋友拼着买，互相品尝。还有必须买的，波子汽水。这个也是拼着买。那时候真的特别想要波子汽水瓶嘴里的小弹珠，但是怎么都抠不出来，于是大家就一起把瓶子敲碎。我们还会在那个到处扔着摔破的波子汽水瓶的小公园里一直聊天，怎么都聊不够。

每逢过新年，我们一家就会去同一座神社做“初参拜”。

我家还有个习惯，就是每年买一尊达摩。年复一年，我父母房间里就摆了超多的达摩。因为画眼睛时选的位置不一样，所以每一张达摩的脸看上去都有些微不同。我记得自己小时候好像还有一尊特别喜欢的达摩，但随着年龄增长，我早忘了当年喜欢的是哪一尊了。

去和妈妈家的亲戚们相聚，也是我们家过新年时的传统。每次爸爸都会穿着我外公正太郎送他的和服去见妈妈家的亲戚。妈妈说，唯一一次见爸爸哭，就是因为外公去世。爸爸在自己父母去世时都没有掉泪，但在外公葬礼上哭到崩溃。每年爸爸喝醉了，就会对妈妈的三个兄弟炫耀自己得到的这身和服。

“这和服可是我岳父大人送我的。”

因为肺癌，外公在我出生前就过世了。据说他是个个头很高，特别英俊的男性。外公性情温厚，很喜欢看职业摔跤。以前他常和我的三个舅舅一起去府立体育馆看比赛。外公很喜欢力道山，听说只有在看力道山的比赛时，外公才会兴奋得大嚷。要是外公还活着，真想和他聊聊摔跤呀。

不只是他，还有外婆。我真想再和她聊聊天。还有我的爷爷宇喜男，奶奶佳苗。真想和他们聊聊啊。

爷爷宇喜男是两边的老人里唯一长寿的。他是 94 岁那年

去世的。爷爷擅长写字，还在自家的仓库里弄了一个画廊，起名“草根美术馆”。他还给超过100对男女说过媒，永远忙忙碌碌的，不是去见这个人就是去见那个人。年逾耄耋还在开车，而且车速很快，经常被家人劝诫。

爷爷人如其名，是个自娱自乐、自由自在的洒脱人。相对地，爸爸就要为他多操不少心。爷爷跑来找爸爸要过好多次钱。不过要钱的理由又都很幼稚。比如“想把院子里的树换一批新的”“想买练字用的纸”一类的。搞得爸爸哭笑不得。爷爷住进养老院之后，也是天天都有人去拜访他。直到离世前，他还喝了自己最爱的啤酒，吃了生鱼片，然后好似睡着了一样离开了。

我小时候，每年夏天回乡下老家，被太阳晒得皮肤黑黑的奶奶佳苗都会提前准备好西瓜等着我。奶奶是个非常温柔，又很能吃苦耐劳的人。

听妈妈说，她第一次去爸爸老家的时候，从屋里走出了两个女性。一个是奶奶佳苗，一个是曾祖母伊与。她当时都没认出哪个是我奶奶，哪个是曾祖母。奶奶佳苗真的显得很苍老，腰也弓得厉害。和个头不错，精神矍铄的曾祖母比起来，奶奶显得特别矮小。

听说奶奶当年嫁给爷爷的时候，被婆婆伊与还有大姑姐们欺负得够呛，吃了不少苦。她要负责给全家人烧洗澡水，结果，等到她自己洗澡的时候根本没人帮她烧，所以她的洗澡水一直都是凉的。而且爷爷宇喜男也从不站在她这边。就在这样的处境之下，奶奶佳苗生了包括爸爸在内的四个孩子。对她来说，带着自己的四个孩子翻山越岭回娘家是唯一的开心事。而且，她坚决不让自己身上的这种苦，延续到嫁给自己长子的媳妇，也就是我妈妈身上。

“这些苦，绝不能让美代子也承受。”

而且，爸爸和妈妈争吵时，奶奶永远站在妈妈这边。

奶奶是在我 8 岁那年患子宫癌去世的。当时我们还都在开罗，因为她住院，所以我们赶回国去看望她。见我们回来了，奶奶说：

“小孩子肯定觉得这地方无聊得很吧。”

她就这么说着，一个劲儿劝我们回去。她知道癌症晚期意味着什么，也拒绝做任何延命治疗。她愿意让一切就那么“顺其自然”。

我在东京家中的工作间里，摆着奶奶的照片。那是她嫁人前年轻时候的模样。胸口正下的位置系着带子，黑色长发扎在脑后。照片中那个一脸羞涩地望着镜头，风华正茂的少女，本

该有多姿多彩的未来。在那个未来之中，本该有人帮她烧洗澡水，她也本该去做自己想做的一切。

> 你或许被稍微地去除掉了一些，被剥夺了一部分的存在、自信、自由。你拥有的各种权利，或许也会随之流逝。你的身体或许会遭侵入，会被夺走一部分，会不再属于你。或许，一切都会消失。在我看来，以上这一切可能并不遥远。因为你是女人，所以发生在任何人身上的可怕经历都有可能发生在你身上。因为你是女人。就算你没有被杀死，你的灵魂也被扼杀了。还有你的自由、平等、自信也通通被杀了。
>
> ——丽贝卡·索尼尔《没有我的房间》

猫咪，

看看如此毫无防备的我吧

有一天，丈夫告诉我他肚子很痛。

一开始还以为只是吃了油脂太重的东西，所以闹得消化不良了。没想到丈夫忍到深夜时分情况竟愈发严重，甚至痛到直打滚。第二天一早他就去看了急诊。等到医生能给他看诊时，他已经等了八个小时。最终诊断为胆结石。还要等到下一次诊察才能确定是否动手术，这一次就先用止痛药压下来了。自然，丈夫的状态很不好。

而这只是个开始。

几天后，S 深更半夜突然说他头痛。然后又变成了耳朵痛。我们估计可能是中耳炎。但又很担心“头痛”的问题，于是一家人跑去看了急诊。第一家医院说要等 22 个小时才能看上，第二家则只接收 18 岁以上的病患。

等我们赶到儿童医院的时候已经过了深夜一点。等待室里全是小孩子。墙上投了一片大海的场景，海里还游着各种卡通

造型的鱼。孩子们都在追着小鱼玩儿，有的小孩还拿到了冰激凌，吃得很开心。总的来说，和小孩比起来，好像家长更像“病了”。

前台护士给 S 测了体温，然后发了镇痛剂，随后就是坐在凳子上等着，而且做好了打持久战的准备（我有个朋友已经习惯了带孩子跑急诊，所以孩子一发烧，他们就开始在水壶里灌咖啡，捏饭团）。医院里没有小卖部，也没有开到深夜的店铺。

我们俩带了 S 爱吃的点心。S 坐在丈夫腿上吃着点心，因为吃过了镇痛剂，看上去耳朵疼的问题暂时控制住了。我们等了好几个小时，完全没有一点排到的意思。坐在我们前一排的是一个 14 岁的小姑娘，她头搭着自己妈妈的腿一直哭，但很快也就睡着了。

对我这样一个正在接受化疗的人来说，待在这种地方实在煎熬。我免疫力很差，非常害怕被感染。丈夫喊了出租车，劝我先回去，他独自带着孩子继续等。坐上车的瞬间，疲劳感顿时席卷而来。我陷进车座之中，简直立刻就要睡过去了。可是真到了家我反而一点都睡不着了，一直熬到了天亮。

丈夫和 S 回来的时候已经是上午九点钟了。S 在等待室吃光了我们给他带的所有点心。而且在诊察等待室（就是等待和医生见面的地方，到这一步都还要再等好一阵子）的床上呼

呼大睡了起来。因为是急诊，医院从紧急性的角度评估了一下S，觉得他状态还算不错，所以就一直在往后延。S 的耳朵里确实有点发炎了。而那个坐在前面大哭的小姑娘呢，据说排到她的时候她已经彻底好了。

丈夫也好多年没熬过这么彻底的通宵了，累得够呛。那阵子他身体本来就不好，结果又这么一通折腾，情况更差了，真的很可怜。

又过了几天，我在开车送 S 去上足球课的途中，遭遇了车祸。

当时我正准备进入左转车道，结果没有察觉后方来车。这可能和化疗导致的认知功能障碍有关吧。这种认知功能障碍也是化疗产生的副作用之一。在化疗过程中及结束后，会有暂时的记忆力、思考能力、专注力的减退。我也有过某天突然不太会说话了，或者一整天都迷迷糊糊无法思考的情况。在这种状态下开车非常危险。我明明知道的，却大意了。

我的车前侧撞瘪了，对方车的右侧有擦伤。我马上给保险公司打了电话，车子送去修理了。幸运的是，我们和对方都毫发无损，处理现场时双方态度也都很平和。可是，因为这一系列的突发事件，我到这个节点的时候已经疲惫到撑不下去了。

10 月 18 日

山本文绪老师去世了。是胰腺癌。我从来没见过山本老师，我真想见见她。真想读到她的新作品啊。

某天，我突然发现阿站不吃东西了。

他平时也基本整天都在睡觉。但是那天我还是忍不住开始担忧“怎么会一直趴着不起来呢？”，最重要的是，平时只要到了吃饭的时候，他都急得两眼放光，今天怎么突然不吃了？真的很奇怪啊。不吃饭，所以也没排便。我给平时常去的那家动物医院打了电话，医院那边说：“我们这边给他开些促排便的药，先让他吃下去。要是连续三天都没反应，就赶紧送急诊吧。”结果，阿站一直没有排便。我实在等不及，第二天的时候就把他带去看了急诊。阿站肉眼可见地衰弱无力了。平时一旦察觉到要把他关进笼子，他就急得激烈挣扎，这一天他却一动不动，任由人摆布。

急救医院给他验了血，发现肝脏的数值非常差，于是紧急住了院。我目送看护师把阿站带走了后，独自在车里坐了好一

会儿，迟迟没有启动车子。各种突发情况接二连三袭来，我没能多多留意阿站。他肯定早就不舒服了。猫咪就算身体不适也会瞒着不让主人发现。我要是能早点观察到就好了。想到这儿，我又注意到自己那双握着方向盘的手。手指已经发黑了，这也是化疗产生的副作用之一。

我和阿站相遇在 12 年前的一个夏天。当时我住新宿，那天，一个朋友给我打来电话。

“K 去世了，开车冲进海里了。”

K 是我们的一个年长的朋友。在大阪从事服装类的工作，后来离了婚，就独自搬去了南部小岛。我和朋友去他家拜访过几次。他在南部小岛的生活看上去很幸福。

K 本身就非常喜欢大海。特别擅长无装备潜水。所以，我真的不相信他会死在海里。据说，他是在一个暴风雨来临的日子，松开手刹直接冲进海中的。不是事故，是自杀。

接到这通电话时，我正向新宿站走去，准备回家。挂掉电话之后，我放弃了坐电车，选择一路走回家。步行到家里需要花一个半小时。那天是个阴天，气温却很高，汗水不断地从我额头沁出来，滴到地上。

走到离家差不多还有 20 分钟路程的时候，我听到了猫咪的叫声。那条路上行人并不少，但那叫声却非常清晰。可见叫

声有多大了。

“喵！！！ 喵！！！”

我立刻循着声音找到了源头。人行天桥下面，有一片被围栏围起来的区域，长了一片杂草。声音就是从那边发出来的。那儿还站着一个中年女性，见我过来，她回过头说：

“这儿好像有只小猫欸，该怎么办啊？”

于是，我先请她看好小猫。自己跑去了路对面的一家家庭用品商店，买了水和猫粮。见我回来，那位女性有些不知所措地喊我：

“我一伸手，他就跑了。”

听她讲，小猫跑去了人行天桥边上的丸之内线车库里。我本来担心车库太宽敞，可能就找不到他了。可是他的叫声还是非常清晰地传了过来。看样子，小猫是逃进了车库附设的社员公寓的地界里。

我按了对讲机，和公寓的人讲了一下情况，进到了公寓里。小猫明明是主动逃跑的，但又像是在宣告自己躲在哪儿一样，叫得特别大声。

“喵！！！ 喵！！！”

肯定是在呼喊妈妈啊。想到这儿，我更觉心痛。

小猫躲到了公寓外面的置物柜下头。我打开手机的手电筒

照过去，发现一只小橘猫正瞪着眼睛望着我。我一伸手他就跑了，这回他又跑进了公寓里面。我得到了社员许可，进去找猫，甚至还有刚洗好澡，围着条浴巾的公寓住客帮我一起找猫。最终，我们在摆着清扫工具的置物间里抓到了他。小猫奋力伸出爪子挠了我。把他塞进我带来的购物袋时，他也一直在叫。

“喵！！！喵！！！”

我把他带回家，组装好一个纸盒箱，把他放了进去，观察起了他的情况。果不其然，他还是一直在大声喵喵叫。一看到我他就“哈”地威胁我。这只猫咪瘦得皮包骨头，浑身沾满粪便，面对我，他可以说是战意十足。战意十足，活下去的欲望也十足。

我把他带去宠物医院打点滴。他的身体被密密麻麻的跳蚤啃噬，伸手一摸，就会摸到满手黑乎乎的跳蚤粪便。兽医告诉我，在他能自主进食之前，每天都要持续打点滴。

我没有给他起名字。我是抱着他可能会死的觉悟在照顾他的。我告诉他：如果最终你还是会死，那我希望你至少是在温暖的地方长眠。

但是，他没死。他靠输液一点点胖了起来，跳蚤也驱过了，血检的各项指标也稳定了下来。虽然排便始终呈液体状，

但他能直接从我的手指上舔舐医生开的奶粉，也不再“哈”地威胁我。他再不会在我靠近时叫，而是改成在我离开时叫了。我把他抱在怀里时，他的嗓子里还会发出呼噜呼噜的声音。

即便如此，我还是没有给他起名字。

以前我曾经也和另一只猫同住。那只猫咪通体雪白，身上有一块仿佛焦痕一般的花纹。所以我给他起名“年糕”。他是患心脏病去世的，一直到死的那一瞬他都非常痛苦。死的时候他只有 3 岁。一回忆起当时的心痛，我就觉得自己从此以后都不可能再养猫了。和他相伴的日子越幸福，别离的折磨就越令我感到悲伤。

可是，我买房子的时候还是按“可饲养宠物”的条件寻找的。虽然没有再积极地接触新的小猫，但我有些消极地告诉自己：如果、万一……偶然遇见了一只猫咪，那就算破一次例吧。

就在那段日子，杂志 *EUREKA* 做了一期角田光代老师和我的对谈栏目。对谈的内容是关于猫咪的。在对猫一通赞不绝口之后，角田老师问我：

“西老师，您不准备再和猫咪同住了吗？”

听到她这样问，我回答说虽然不会很积极地寻找新的猫咪，但是如果偶然遇见，我愿意破例。于是角田老师说：

“我感觉您应该马上就能邂逅猫咪啦。”

角田老师身上仿佛有着某种不可思议的力量。的确，这场对谈过去没几周，我就遇到了他。遇到了这只瘦得皮包骨头，浑身沾满跳蚤和粪便，但又使出浑身解数想要活下去的，小小的猫咪。

我很怕，怕再失去他。于是我严格地要求自己，甚至严格到有些过度了。我把所有的约定都推掉了，专注地在家照顾他。即便如此，我还是心神不宁。

突然有一天，他爬上了我的膝头，好像是想表达些什么。该不会？想到这儿，我急忙在猫碗里放了猫粮。他闻了闻味道，然后吃了一口。紧接着，就是一口接着一口，一口接着一口……转瞬间就把猫粮吃了个干净。随后又爬上我的膝头叫了起来。他说：“再给我一些嘛！”那一瞬间，我决定给他起个名字了。因为是在电车的车库里找到他的，所以我给他起名叫“阿站”。几天后，他不再排液体的排泄物，而是排出了成形的粪便。

阿站就这么大老远从日本来到了温哥华。我预订的是可以把小型宠物带进飞机的加拿大航空，做好了检疫准备。日本是没有狂犬病的，所以带宠物出国相对比较简单。只要身体里植入芯片，再做好狂犬病的检查，注射狂犬病疫苗，然后再准备

好相关部门需要出具的材料的英文版就好。

问题主要是回日本的时候怎么办。除了要再补一针狂犬病疫苗，还要把宠物的血清送去指定的实验室做检测。在那边做完抗体值检查，要等待六个多月才能出结果。听说抗体值检查的结果有两年的有效期。我本来也预计要在温哥华待两年，所以提前就在日本完成了全部的手续。这样一来，等到时候回国就可以把需要接受的检查减少到最低限度了。如果有什么不明白的地方，还可以给成田机场的动物检疫所写邮件询问，请对方给出明确的指导。动物检疫所的工作人员非常认真细致，回复得也都很具体、清楚。

在前往温哥华的飞机里，阿站表现得非常老实。我有时会带他去一下厕所，把他放出笼子。我会抱着他坐在马桶上，轻轻抚摸他，给他喝点水，吃点零食。虽然也在阿站的笼子里铺了宠物尿垫，但可能是因为太紧张了吧，他一次都没尿过。

2019 年 12 月 6 日，我们终于抵达了位于温哥华的家。

阿站喜欢待在半地下的那个屋子里。外面虽然天寒地冻，但因为用了集中供暖，所以家里非常暖和。刚开始的第一天，阿站不知道躲去哪儿了，始终没出现。不过渐渐他就习惯了，开始循序渐进地认识新家（一直到登顶最高一层楼为止，花费了好长时间）。

他应该不知道自己现在身在温哥华吧。他从来没有离开过家里，一天的大部分时间都是窝在小床上度过的。我偶尔也会想，如果阿站是狗狗，或许还能跟着我一起在温哥华的大街上玩耍。温哥华的狗狗看上去都好开心。它们在海滩狂奔，还会冲进海里。有时还会被带去露营，还能出门兜风，把头探出车窗享受。总而言之，温哥华的狗狗一般都会被当成家庭中的一分子，过着被家人宠爱的生活。

在温哥华，我从未见过宠物商店（虽然这里并不像德国那样出台了法律，禁止买卖猫狗）。大家都是去救助站，按相应的价格领养猫咪或者狗狗的。而且领养审查也非常严格。救助站的员工会实际去领养人家中拜访，检查这边的环境是否适合猫咪或者狗狗居住。如果是一对情侣同居，他们甚至还会询问："你们分手时由哪一方负责继续照顾宠物？"如果审查后发现此人并不适合饲养宠物，那领养人就不能将宠物接回家。

动物医院的医生和看护师也都非常热情且温柔。阿站住院的那家医院拥有最新的设备，在应对宠物方面也非常细致有礼节。我则尽量每天都跑去看阿站。开车过去要花 40 分钟。我很怕再出现认知功能障碍的情况，所以必须选择身体状态还不错的时候去看他。

阿站都是被看护师带着来会面室见我的。他肚子上的毛被

剃了，胳膊上绑着绷带，鼻子里还插着导管，看上去真的很痛。房间只剩我们俩的时候，我把他抱在自己膝头，轻轻抚摸着他的身体，对他说了无数次：你不会死在这里的，这么可怕的事情，会到此为止的，你还会活很久、很久的。

担心开车会出问题的时候，身体情况很差的时候，我都没办法去见他。每当这时，我就在家中和医生通过电话了解情况。不论我能不能去，医院那边都会每天给我打电话的。

阿站做了 X 射线和 B 超，幸运的是，他不必接受手术。总之先靠药物把数值拉下来，再给喉间插管，喂一些营养食物。

“可惜，他目前对食物还毫无兴趣。”

大夫这样告诉我。

某天我去看望阿站时，发现他两边瞳孔的大小完全不同，在明亮的房间里，它左边的瞳孔适当缩小了，右边的瞳孔却又大又圆。医生说这就是弓形体病的症状。这种病是感染寄生虫导致的。像阿站这样彻彻底底的家猫会生这种病，实属罕见。而且，血液检查结果似乎还显示是阴性的。不可思议，真的。医生这样告诉我。他说会通过眼部给药尽量把伤害降至最低。而我也只能相信他。在我准备回去的时候，阿站在我膝头痛痛快快尿了一大泡，暖乎乎的。

我每天都在为阿站祈祷。一想到他独自住在医院里，我就

感觉异常痛心。而这种痛在某一天真的实体化了，并且袭击了我。

当时，我正在那个半地下的房间叠着洗好的衣服。紧接着，我的胸口仿佛被什么东西轰的一声击中了。那感觉就好像某种极沉重的东西（类似大象脚）踩到了我的胸口一样。然后我就喘不上气了，我尝试吸气，但嗓子好像突然变窄，无法顺利吸进空气。我趴在地上，努力让自己冷静下来。在此期间，我感觉胸口的压力越来越大了，最终，我彻底躺倒在了地上。

此时，丈夫和 S 正在楼上准备去日托。我怕吓到 S，所以尽量用和平时近似的语调呼喊丈夫。丈夫一看到我的状态，忍不住失声大喊，但他立刻明白了我的意思，尽最大努力保持平静。

丈夫当即决定喊救护车。就在这时，我感觉自己突然又能呼吸了。一旦开始顺利呼吸，我就马上恢复了冷静，心脏的疼痛感也消退了。最终我们没有叫救护车。丈夫还和平时一样，把孩子送去了日托班。我则暂时在床上静卧休息。可能是因为压力太大，我出现了“惊恐发作”的情况。我伸出手摸了摸心脏，心跳比平时速度更快，也更不规律。

阿站连续住了八天的医院。飙升的数值一点点降了下去，瞳孔也恢复了原貌（结果到最后医生也没搞清楚原因）。医生

说如果可以保留喉咙插的管，建议出院在家休养。我自然同意了。到这一步为止，阿站的住院费已经高到令人难以置信。

差不多就在这段时间，我的前半程化疗结束了。护士们纷纷跑来恭喜我。

“加奈子！恭喜呀！”

可是，我实在提不起一点精神头去感受喜悦。

阿站出院那天，也正好是我开始后半程化疗的第一天。之前是每周都要化疗一次，接下来则是每两周化疗一次（原本预计是每三周化疗一次，但因为我身体给出的反馈比较好，所以把整个过程的时长缩短了）。之前使用卡铂和紫杉醇点滴大概要花 3 小时，改成阿霉素和环磷酰胺之后大概缩短至一小时就结束了。

阿霉素是一种粉色的药物。它不是用点滴方式，而是由护士直接用一只巨大的注射器连接软管注射到我的血管之中的。一个初次见面的护士连扎了好几下都没成功。

“我这个人特没扎针运呢。”

她说着，耸耸肩。“那对护士来说算致命缺点了吧？”我心里嘀咕。但没说出口。化疗之后去了洗手间，我发现自己的尿液也变成了红色。

回到家，我突然觉得身体好沉。有种陷进地里的沉重感。

我费尽千辛万苦才摸到床边，一头倒下。就算躺在床上，那种要沉沉地深陷下去的感觉也丝毫没有消失。在我卧床时，丈夫和 S 回来了。S 留在家里，丈夫接下来要出发去接阿站。或许是担心我的情况，所以希望阿站能早点回来吧，丈夫几乎没休息，马上就又出发了。

S 跑上楼，很乖地独自玩耍。可是，我开始担心自己的情况可能会越来越糟糕。我想去看看 S，于是努力尝试爬起床，结果却因为双膝无力，怎么都下不去床。

我在一个典子、真由子、知代她们主持的聊天群里发了一条请求：希望有人能来我家一下。我在打字的同时，注意到自己的手也开始麻了。大家都马上回应了："我可以去哦。"最终典子和戴维特带着小空一起来了我家。见大家来了，我顿时放心了，刚一松劲儿，我却突然吐了出来。这是我化疗这段时间以来第一次呕吐。S 没想到小空今天能来，高兴坏了。我还能听到他们在楼上开心的欢笑声。

阿站被丈夫带了回来。一到家，他就马上钻进了被子里。他蜷在我的双腿之间，一动不动地趴着。我想，就让他这么安安静静地待到放松下来为止吧。况且，我现在的状况，也根本无法为他做些什么。

第二天一早，我又去看了一下阿站的情况。只见他脖子上

套着柔软的伊丽莎白圈，喉咙里还插着管子。管子的一头有一个小盖子是可以开关的。直到他能够靠自己去吃到适量的食物之前，都得通过这个管子给他添加食物。添加的时候要用一个很大的注射器打进去（那个注射器竟然和我接受化疗时用的注射器差不多大）。得先把高营养湿粮加水一起搅拌，混合到浓稠的程度，再顺着管子喂给阿站。如果一口气注射太多，阿站会吐。所以每次喂食大概需要花费三十分钟。阿站特别厌恶这个过程，好几次想逃掉。所以喂食的工作需要我和丈夫合力完成。

除了喂食之外，每隔几小时还要吃一次药。喂阿站的药多达五种。每一种的投喂时间都不一样。深夜投喂的时候，我就把丈夫叫起来，我们一起给它喂。我实在起不来的时候，丈夫就只能一个人想办法给阿站喂进去。直到我习惯了独自给阿站喂药前，我们全家人都觉得给他吃药是个压力很大的工作。可即便如此，我们也都不想放弃阿站在家中的宝贵时光。

这段日子里，温哥华一直阴雨连绵。真的，没有一天不下雨。因为完全晒不到太阳，所以我每天都要吃些身体无法合成的维生素 D 片剂。而且每天都要用人工日照器照一照自己。这个日照器还是我离开日本的时候朋友阿龙和邦彦送我的。虽然做了这么多努力，可我的情绪还是没什么起色。每天早上起

床，眼前都只有阴云密布和接连不断的雨。我感觉自己的精神都有点不正常了（甚至连加拿大本地的朋友也忍不住表示“今年这情况实在太难受了”）。

我开始喋喋不休。这么讨厌的日子什么时候是个头，这种痛苦我真的受够了。念到一半，我开始分不清自己究竟是在对着阿站唠叨，还是对着自己唠叨。

> 不知何时，曾拥有的东西就会被夺走。残酷的打击可能瞬息而至，它或许就躲藏在收纳宝贵物品的盒子里，或大门的阴影后，它伺机而动，不知在哪一秒就会突然冲出来。就好似一个窃贼，或是一个强盗。若你希望万事顺利，那就千万不要显露任何可乘之机。不要以为自己很安全。不要想当然地觉得，孩子们的心在雀跃，在吃奶，在呼吸，在走着、说着、笑着、吵着、闹着，这些都是理所当然的。一秒钟都别忘了，他们有可能会离开你。他们可能会被抢走，会在转瞬间，好似蓟花的散絮一般飘走。
>
> ——玛姬·欧法洛《哈姆奈特》

化疗后半程的 AC 疗法导致我的白细胞数值明显下降了。

于是，就需要人工注射来提高白细胞的数量。治疗后最少每隔 24 小时打一次非格司亭。一共要打六次。由我自己来打。

我预定了在第一次化疗后第三天接受注射的指导。可身体状态实在太差了，我吃了止吐剂，好容易才到了医院。一位姓尹的护士已经在癌症中心为注射做好了准备。

“今天带非格司亭了吗？”

“欸？没带。我都还没去药局。而且根本没人通知我要开药呀。”

“咦？可是，后半程化疗开始后第三天就是要打这个非格司亭的日子啊。”

“欸？那不就是今天吗？”

“对啊。”

“这……那怎么办呢？”

“怎么回事呢……医生跟您说过已经开过处方的事了吗？”

几天前，另一位医生给我打过电话（不是罗纳尔多医生）。她说罗纳尔多医生因为家里有急事处理，请假了。所以由她代为联系我。当时这位医生说会把止吐用的昂丹司琼和地塞米松，还有非格司亭的处方发给药房那边。不过非格司亭比较昂贵，所以有一个“是否需要使用非格司亭做辅助治疗”的审查，

得从医疗角度问我一些问题，回答完之后就能开处方了。

关于问我问题的事情，会由另一个机构 A 来联系我。那好像是一个判断是否提供给药补贴的机构，和癌症中心不是一个组织。最终我被认定为是可以接受补贴的对象，但处方不会让我的医生来开，而是由机构 A 直接发送到药局。我请他们把非格司亭的处方和止吐的两种药的处方都发去同一个药局，但那边说搞不清楚指定药局有没有这个药了，还说最好发给确认有货的药局。

怎么感觉这么复杂？我当时心想。一般会这么想的时候，事情大抵都不会太顺利。

事实也是如此，机构 A 的人根本没告诉我应该带着非格司亭去医院。

于是尹护士说：

“今天本来要实际用药来练习的。算啦，那您随后再去药局拿就好了，今天先用这个练练吧！”

尹护士拿来了一块皮肤的模型。演示了如何给这块人造皮消毒，打针。针要扎得比预想的更深点才行。注射结束后，注射器里的针头会自动收回。“很简单的！”尹说。可我觉得自己做不到。但是，我又必须得做。

离开医院后，我跑去机构 A 指定的那家药局拿药。报了

名字之后，药房说并没有我的药。

“药名是非格司亭，是我今天必须用的药。”

我努力强调着，对方也认真回应了我，跑去找药。可等他回来时，却是一脸愧疚。

“真对不起，我们确实没收到。”

我终于在药局放声大哭了起来。

> **我不懂，我为什么总是这么的弱小。为什么我唤不来任何的恩惠、任何的力量呢？为什么我会如此毫无防备？这个世界上，难道就不能有一堵高墙，帮我远离来自他人的危害吗？**
>
> ——Jenny 张《辛酸》

智绘里拿来了一些鼠尾草拜访我家。

据说，点燃鼠尾草后产生的烟雾，可以起到净化空气的作用。

“最好还能再堆一小堆盐驱驱邪。”

智绘里和真由子一样，都是在 20 来岁的年纪留学来到温哥华的。然后她遇见了自己的丈夫布拉德，两人结婚，生了一个名叫泰拉的孩子。泰拉的日本名字叫浩介，是个特别讨大家

喜欢的小孩。他体能特别好，还很活泼开朗，而且非常温柔。尤其对待S的时候格外温柔。S特别崇拜他，在S眼中，浩介是大自己两岁的超级明星，他还经常会模仿浩介。

布拉德是那种特别典型的温哥华人。个头特别高，手脚都很大，心胸也和大大的手脚一般宽广。他经常会说些俏皮话惹我们笑。

“这样就不会有什么不好的东西靠近你了！”

因为是智绘里拿来的鼠尾草，所以我觉得应该是有用的。她面对任何人时都表现得很开朗，而且好奇心旺盛，好似一朵大大的向日葵，蓬勃有朝气。

鼠尾草的烟雾在家中萦绕，我默默祈祷着“希望那些不好的东西能远离我”，我还用喜马拉雅盐做了一个小盐堆，于是，我家玄关就多了一个粉红色的、小小的山。

最终，我打非格司亭的时间还是比预定日晚了一天。我给各种机构打了电话，留了我的信息，还跑了好几趟药局，费了好大的力气才弄到非格司亭（最后发现是机构A的负责人把药局的传真号搞错了）。

我把六支非格司亭摆进了冰箱，又从其中拿出一支，带到了自己的房间。我脱下外裤，坐在了椅子上。又用酒精棉给大腿消了毒。被酒精棉擦到的皮肤感觉有点凉凉的。我捏住腿上

的肉，吸了口气，然后一鼓作气扎了下去。噗的一声，我感觉到了一些阻力，不过针头确实深深扎进了大腿的肉里。我按动注射器，将药液注入身体。大腿感觉有点疼，还有些凉。打完之后我松开了手，针头果然自动收起了，还发出了咔嚓一声。这时，我发现自己被扎出了血。血液从小针眼里逐渐冒出来，很快就鼓得圆圆的。我又找了块新的纱布按上去，然后做了几个深呼吸。我感觉大腿一下一下地疼着，但我不知道这个疼痛算不算是在合理范围内。我又套上了裤子，转过身时，我看到阿站在床上睡着了，它喉间还插着喂食的管子。

12 月 11 日

我在广播里听说艾伯塔省发生了医疗崩坏现象。因为 COVID-19，该省取消了约 5000 台手术计划。其中一例被取消了手术的患者接受了采访。他之前是 2 期癌症，结果在等待手术的过程中，癌细胞已经扩散到了全身。要是这种事发生在哥伦比亚省该怎么办？要是发生在我自己身上，该怎么办？

我每隔几周就会见一次罗纳尔多医生。

医生们都很忙，所以在见到他们之前，会有实习医生先负责简单的问诊和情况说明工作。每一次接待我的都是不同的实习生，不过每一位都是年轻的女性（我只见过一次男实习医生，就是做活检时的马克）。大家都特别开朗，身穿便服。倘若不明说，根本看不出她们其实是医生。

那天负责翻译的老师名叫由纪绘。和医生面谈是不需要另付翻译费的。虽然也来过几个不同的翻译老师，但负责帮我翻译的基本是由纪绘老师。她总是会提前把我的病状都查清，然后打印好带过来。罗纳尔多医生的话如果比较含糊，她会率先代替我明确尖锐地问清楚。要是他忘记把应该交给我的信件给我，由纪绘老师还会跑去他的办公室帮我拿信。我真的很喜欢她。我总感觉她有点像我的婆婆。我的婆婆是个从不会撒娇抱怨，行事非常利落，同时又很温柔的人。我也已经两年没见到她了。

那天负责接待我的实习医生叫亚达。她那一头浓密的黑发披在肩头，还戴了一对水滴形状的、闪闪发光的耳环。我打算和罗纳尔多医生好好强调一下，医院一定要和药房做好沟通才行。我还准备把自己费了多大的力气去弄药，还在药房的柜台急哭了的情况也反映给他。听完由纪绘的一通翻译，亚达语气轻快地说了句:

“哎呀，那还真糟糕呢。”

随后她又补充道：

“不过您选择到处打电话询问情况的做法很棒哦。而且最后不是拿到了吗？拿到就好嘛。”

真是站着说话不腰疼。我心想。我甚至还有点恼，这难道不是你们这边做事疏忽了吗？可是，自打来了温哥华，我其实就渐渐明白了。这个“有点恼”，是非常日本式的一种情绪，而且一点意义都没有。

比如说在日本，如果顾客在商店买到了有瑕疵的商品，首先就是店员先不由分说地道歉。

“实在万分抱歉！”

但是，加拿大的店员是不会道歉的。

“啊，坏了是吗？要换个新的吗？”

也就说到这个程度。

因为在他们看来，出现这个情况是“店里”不对，不是自己有错。飞机起飞晚点，巴士的轮胎炸了，咖啡机出故障打不出咖啡了，这些都是公司、是商店的问题，我们区区小职员、打工人才没有责任。这儿的人们往往会将这种态度贯彻到底。

我觉得这儿的人完全没有那种代表公司和组织向对方道歉

的想法。因为他们都是拿多少钱做多少事的，只要做好自己的分内事就可以，除此之外的一切都不在他们的责任范围内。

例如，我常去的那家超市的收银员，会在没人排队的时候跑去坐着喝茶，还和边上的人聊天，还有人带了副杠铃，没事练练胳膊的肌肉。可是，只要他们在收银的时候把工作做好了就没什么问题。一想到日本的收银员即便没有客人也要一直站着，连水都不能喝，我就觉得还是加拿大这边的做法比较理想。客人也不是神，服务人员和我们都是平等的。

这种观念同样适用于医生，亚达也是做好了属于她的分内事的。我脱了上衣，她对着我的胸部做了触诊后鼓励我：

“硬块小了好多！太棒了！”

别的机构忘了把处方发给药局，错并不在亚达。就算是因为医院和药局之间的合作有问题，就算这个医院是亚达供职的医院，这件事的责任也不在亚达身上。而且，就算亚达向我道歉，事态也不会有任何变化。亚达告诉我，关于医院和药局的合作问题，她会和大家一起讨论的。我忍不住问道：

“为什么现在还要用传真呢？”

听我这么问，亚达耸耸肩回答：

“因为眼下发传真最稳妥。很多东西都在电子化，手续会被搞乱的。”

亚达走后，屋里就剩下了我和由纪绘老师两人。

“和日本真的完全不同是吧？”

由纪绘老师说。

“是啊，真的……完全不同啊。”

“加奈子呀，在这儿看病，千万不要按在日本时的做法来。在这边呢，就是得我们主动地不停询问，不断地表达意见才行。”

我第一次见到由纪绘老师的时候，她这么告诉我：

“你要自己去调查自己得的这种癌症的信息，不要全扔给医生。只要对治疗方法有疑问，就尽情地去问。”

我很怕自己去搜寻癌症相关的信息。因为不愿意看到一些负面的东西。实际我也听说了，应该尽量少读一些“和癌症做斗争”的博客内容。因为，这些博客很有可能写到一半，就永远不再更新了。

所以，我其实并没有按照由纪绘的说法去做。我就只是拖着自己的“皮囊”去了医院，把我的皮囊给罗纳尔多医生诊察，然后全权交给他来下判断。我觉得医院的人肯定会保护好我的皮囊，所以包括帮助我恢复健康的药物，还有其他一切工作，他们都会替我做好的。

由纪绘老师之前也得过乳腺癌。因为她的家庭医生太糟

糕，导致出具诊断报告的时间迟了很多，等开始治疗的时候已经晚了三个月。好不容易才见到了癌症治疗的主治医师，对方问她：

“你这三个月都干什么去了啊？”

由纪绘被问得愣在当下。她说，自己那时候搜集了各种各样的资料，有积极的，当然也有消极的。她样样不落，全都读了。只要稍稍感到有些疑惑，那么不论是多么微不足道的事，她都会对着主治医生刨根问底。只要感到愤怒，她就要明确地表达出来，要和医生一直谈到自己能够接受为止。由纪绘老师已经在温哥华住了 40 年，所以，她这句话，才如此掷地有声。

“自己的身体，要靠自己来保护。”

这句话，勾起了我的某段回忆。

那是刚刚开始化疗时的一件事。在接受实习医生萨拉的问诊时，对方听我讲了一下我正在服用的片剂和中药的事情。

“维生素不要紧，但是中药最好先别吃了。因为有可能会影响化疗的效果。”

在得知患癌之前，我就在吃中药了。还是典子介绍我认识了一位名叫朱利安的厉害中医。中药虽然常给人一种要服用很久，只会一点点产生效果的印象，但朱利安开的方子总是很快见效。我曾经因为自律神经功能紊乱出现过尿频的问题，喝了

他开的方子，我很快就好了。

在接受化疗的时候，我也在喝他开的中药。这类药物能够将化疗给身体带来的伤害尽量减小，对提高免疫力也能起到作用。而我之所以很信赖朱利安医生，不单是因为他东亚传统医学的知识深厚，还因为他也熟稔西医。

我有时也会遇到一些彻底否定一切西医的人。比如说我认识的一位针灸师。当我告诉他自己得了癌症，而且会接受化疗时，对方是这么讲解癌症的：

“你把自己的身体当成一个房子。癌症其实就是跑去你家厨房，吃你家剩饭的人。反正他们也只是悄悄地吃些残羹，并不会对你的生活带去什么影响，对吧？可你再想想，要是用化疗的手段去攻击这些人，会发生什么事？他们肯定会为了自保开始攻击你，对吧？”

原来如此，这么说好像也有些道理。其实有不少人都是拒绝化疗的。他们会采用食疗和东亚传统医学来治疗癌症。可是，我还是选择了去信任由科学家和医生努力拼搏才架构起来的、最先进的医学。温哥华有一所非常棒的大学名叫UBC（不列颠哥伦比亚大学），这所大学拥有全世界领先的癌症研究基础。而我正是在基于此大学研究基础而展开医疗活动的癌症中心接受治疗（并且是免费的！），真的太幸运了。

而与此同时，我也愿意相信东亚传统的医学。中医不会只着眼于某个具体的点来采取治疗，它会将身体看作一个整体去观察，并从中寻求一种调和。

朱利安研究了我接受的化疗内容，每周都会根据我的身体情况，开具合适的处方。在我看来，中药是我的一个精神依靠，所以突然让我停掉，我有些震惊。于是我非常坦率地表达了我的想法。

“中药真的帮了我很多，所以我不想停掉。”

听我这么说，萨拉微笑道：

“原来如此，OK，那就不停啦。”

我只是提了一个请求，没想到对方竟然马上就同意了。说实话，我吓了一跳。于是我问她：“欸？真的可以吗？”于是萨拉回答我：

“当然了，一切由你来决定。”

萨拉凝望着我的双眼道：

“因为你是自己身体的主人呀。”

或许是太过理所当然，我几乎都给忘了。

我们的人生呀，就只有一次，一次而已啊。

——田我流 &B.I.G.JOE *my pace*

我换上了慢跑服。那天是久违的大晴天。虽然状态依然不怎么好，但我还是想稍微跑跑。

我穿上了跑鞋，稍微做了做拉伸。才刚刚跑到路上，我就感到气喘吁吁。区区 200 米的距离，我停下休息了无数次。

缓缓跑下特拉法尔加街，就看到了大海。抵达海边的时候我已经精疲力竭，但光是能到这里，我就已经非常开心了。从家到这儿其实只需要十分钟，但我足足花了半小时。

我沿着海边跑着。说是跑着，其实比很慢的慢跑还要迟缓。有好几个跑者轻轻松松地超过了我，跑远了。每次被超过去，我心底里都会泛起微小却又扎得心疼的凄凉感。

在开始治疗癌症之前，我也曾经超越过无数人。就在几个月前，我还跑出了 10 公里的个人纪录。真的不敢相信那是短短几个月前的事情。当时被我超越的那些人里，也有像现在的我这样，会让人禁不住想“你还不如用走更快点欸”的人。说不定他们其实也正在接受化疗呢！而当时的他们在被我超过的那一瞬间，心里会不会也像此刻的我一样，感到凄凉呢?

我一边用步行的速度跑着，一边体会着心中的这种凄凉感。这凄凉的确非常明晰，感受它，本身就伴随着疼痛。就算没有生病，我们早晚也有一天要去直面这种凄凉。衰老就是其

中之一。它可能会突然来袭，前一天还能做到的事，今天就做不到了。这情况既有可能是突然发生的，也有可能不声不响地就发生了。我们每个人，都在向着人生的终结，一步一步地走过去。

跑步途中我去了一趟厕所，对着马桶吐了吐口水。嘴巴里总感觉黏糊糊的，还有好几处溃疡，很疼。我气喘吁吁，心跳得很快。真的好累，特别特别累。

我就是自己这副衰弱得无可救药的身体的主人。

倘若我实在不想再继续接受化疗，那么我也可以拒绝。即便这么做可能会导致肿瘤变大，我依然有权利掌握自己的命运。而与此同时，为了让治疗能相对更舒服地持续下去，我也有提升白细胞数量的权利和服用止吐药的权利。如果没能为我开具合适的处方，我也有表达愤怒的权利，有在药局前台大哭的权利。决定这一切的，就是我自己。

只有我自己，才能彻底审视如此弱小的、我的内在。

“要展示出来吗？给谁看呢？喂，听我说，我有一颗心。那一切都是在心中发生的。也就是说，我拥有了我自己。”

“难道不是因为寂寞吗？”

“的确。可是，我的寂寞，也一样为我所拥有。”

——托尼·莫里森《秀拉》

所以我想，无论我们认为活着——包含着过去、现在、未来——意味着什么，当我从自己身处的无力、无知的深渊之中挣扎着浮出水面的那一瞬间，就意味着我正活着，不是吗？

——艾莉·史密斯《冬》

阿站终于能吃饭了。

手心放上猫粮，凑到他嘴边，他会嗅一嗅味道，然后吃下去。一开始他只能吃下一点点自己以前最爱的鲣鱼小零食。然后，吃一点点煮熟的鸡胸肉。不过单是有主动进食的意愿，就已经算是巨大的进步了。自从可以亲口吃下一些食物，他身上原本乱糟糟的毛发也开始逐渐恢复了光泽。

每隔几天，我们就会带他去医院做血液检查。肝脏的异常数值正在不断下降，接下来就只需要等待他自己一点点恢复食欲就好。

某个黎明，我听到了他咀嚼干猫粮的声音。

喀哩，喀哩，喀哩。

在那一瞬间，我突然意识到自己是多么期盼着这细微的声响。我哭了出来。我一边回忆他儿时的模样，一边哭着。我想起了他当时只能排出一些液体，只能靠输液活下去的模样。想起了他第一次靠自己的意志，努力吃下猫粮的模样。我明白，他决定活下去了。

接下来，他的恢复速度是突飞猛进的。他会吃光碗里的饭，还会喝很多的水，排尿排便都非常棒。接着，他也不再需要吃药了。有一天我们带着阿站去医院取药和做血检，医生告诉我们，他脖子上的管子可以取下来了。

“他真的很努力。”

取走管子之后，阿站的脖子上留下一个小小的窟窿，不过也很快长好了。

12 月 14 日

接受 NHK *news watch9* 的新刊采访。

我戴着假发通过 zoom 接受了采访。对方的问题是，我为什么会写下《黎明将至》这部作品，

还有，在加拿大创作和在日本时比有什么变化吗，等等。采访我的和久田麻由子女士是一位非常优秀的采访者。最后，她请我对即将成人的孩子们说句话。因为这个栏目大概会在成人式前后播放。我顿时有些语塞，烦恼于不知该对年轻人说些什么。因为这些年轻人要承担的压力实在是太大了，经济一直处在谷底，工资无法提高，还有不可避免的气候变化……

今年夏天，温哥华出现了“热穹顶”现象。

温哥华的夏天，日照非常强烈。但是风比较干燥，气温不会高得太离谱。大部分家庭不需要开空调也能过得很舒服，而且一早一晚甚至还会有点冷。

结果，今年夏天的温哥华连日出现了超30摄氏度的高温，电风扇全部卖光了，装了空调的饭店和酒店个个都被订满。

我们家也被热浪侵袭了。光是坐着整个人就会汗流浃背。自从我们搬过来，还从来没有遇到过这种情况。酷热一直延续

到深夜。我平时睡着的那个半地下的卧室比较凉快一些，所以就让 S 睡在那儿了。

夏季一结束，雨又开始下个不停。

温哥华从秋天到春天一直都是雨天居多。即便如此，今年的雨还是多到连本地人都会感慨“今年也太奇怪了”。每一天都在下雨。11 月 14 日那天，哥伦比亚省还遭受了有记录以来最大的一场暴雨侵袭。温哥华的受灾程度并不严重，但是位于哥伦比亚省东部的阿伯茨福德和吉利瓦克的受灾情况都很严重。洪水造成泥石流，甚至出现了死伤者。干道被封锁，大量家畜死亡。逾 16 万人不得不离开自己的家去避难，政府也发布了“紧急事态”的通知。

虽然温哥华总被人喊成“雨哥华”，但据说以前这个地方并不太会下那种大到需要撑伞的雨，一般下的都是雾状的细雨，然后就是天阴沉沉的，差不多就是这样。可是这几十年来，温哥华的气候逐渐发生了变化。

温哥华人的环保意识很强。尤其是我们家所在的基斯兰奴街区，那儿原本住了一群嬉皮士，他们建造了农园，很早就过起了素食主义的生活。

素食餐馆先驱 The NAAM 也在这儿。如果带着孩子去温哥华的大多数饭店，店家都会给小孩提供填色图和蜡笔。但

The NAAM 拿出来的填色图和蜡笔却不像其他饭店那么新，他们用的是有点年头的旧物品。

大家（尤其是年轻人）常会光顾二手服装店。也有好多地方可以回收不需要的衣服和日用品。路上会摆着一些小木盒子，可以把不需要的书和绘本放进去（如果碰巧在盒子里看到自己想读的书，还能顺便拿回来）。

还有一个名叫 Craigslist 的网站，是用来买卖各种闲置物品的，甚至还包括车子和房子。我家现在的这个房子就是在 Craigslist 上找到的（就是说，不需要房屋中介也能找到房子）。S 和丈夫的自行车也是从这个网站上收到的。滑雪板、滑雪外套都是在专门的二手体育用品商店买的。孩子的衣服也是朋友之间传了好几代的。

超市一定会设置一个“食物银行”的区域。我送过好几次大米和罐头。我很少看到有人用塑料袋和塑料水瓶。自备环保袋和水壶都是极其理所当然的。如果只是简简单单买点东西，那甚至不需要包，很多人是直接手拿着回去的。各种东西的包装也都是最简单的。

前面我也提过，这个地方的广告牌并不多。也就是说，会煽动我们消费欲的细节不多。当然，这儿有很多不错的店。但整个城市本身并没有被设计成那种充斥着欲望的风格。所以我

基本不会产生“想买点儿什么”的欲望。

不过，我的某个朋友说，基斯兰奴变了。虽然还没到那种超级繁华的程度，但主街两侧冒出了很多的店铺。虽然大部分都是矮楼（基斯兰奴有严格的建筑层高限制），但新盖了不少公寓楼。这十几年来，房价一直在上涨。沿海建了一大排豪宅，随便一看价格，高得惊掉下巴。究竟什么人才能买下这么昂贵的房子啊？正想着，转头就发现有好几家门前都挂上了“已售”的牌子。

话是这么说，但我们家每个月也需要支付昂贵的房租。因为我们只是暂时住在温哥华，所以多少还付得起。但看着周围邻居我总会思索：究竟怎么做才能一直在这儿生活下去啊？

昂贵的还不只是房租，日用品、饭店的餐饮费也都很高。一个普通超市售卖的 12 卷一提的卷纸，基本要花 12 美元。一盒 12 颗的鸡蛋要 3—4 美元。想着出门吃个饭，选家饭店坐下来点杯饮料，点一盘意大利面，还需要付 15% 的小费，一顿饭轻轻松松超过 30 美元。温哥华的普通年轻人早就已经不指望能像自己的父母一样，靠努力工作就可以买栋房子了。能住独门独院的人，要么是很少见的、凭过人的本领赚大钱的人，要么就是从父母那里直接继承来的房子。温哥华虽然被称为全世界最适宜居住的城市，但这个最宜居，在某种意义上已经开始变成不宜居了。

即便如此，这个城市的整体气氛依然让人感到放松。我基本没太见过工作到精疲力竭的人。周五那天，大家都是从下午就开始喝起来了。而且也基本没什么人加班。一家名叫“LOCAL Public Eatery”的饭店招牌上，写着“这世上总有一个地方是五点钟”，意思是，你可以随时开喝。大家都非常注重工作和生活的平衡，也都非常重视生活质量。

可是，这自然也是因为我的特权使然吧。在温哥华一定有工作到精疲力竭的人，也一定有持续加班到精神崩溃的人吧。而我，却只能看到我所见范围之内的东西，我身处的环境，让我只会看到自己想看到的东西。

例如出现新冠疫情，需要居家的那段日子。2020 年的春天，温哥华下令封城。不过还是允许市民散步以及出门锻炼。所以我那时候每天都会跑去海边溜达。这儿的人口密度本来就不大，能够很自然地和他人保持社交距离，也没在超市看到有抢货囤货的现象，没见过有歧视亚洲人的现象。但是我听说在其他街区就存在抢货囤货的情况，还有年迈的亚洲老人突然被殴打的事。很可惜，即便是在温哥华，依然存在歧视，存在偏见。

加拿大这片土地，原本生活着原住民。

来自英国的白人抢走了他们的土地，把加拿大据为己有。

原住民的孩子被迫和父母分离，按加拿大人的同化政策被

送去寄宿学校。学校严禁原住民小孩说母语，严禁举行属于他们民族的文化活动。孩子们还要遭受教师和牧师的虐待。2021年5月，哥伦比亚省的坎卢普斯寄宿学校旧址就发掘出了包含3岁儿童在内的总计215个孩子的尸体。次月，在萨斯喀彻温省的寄宿学校旧址，发现了751座无名墓。

对寄宿学校时代保留有一些记忆的人们饱受PTSD（创伤后应激障碍）的侵扰，那种痛苦甚至延续到了他们后代身上。他们得不到适当的照顾，只能与痛苦为伴。为了逃离苦痛，有些人就只能依赖酒精和药物。

酒精和药物问题不单折磨着原住民。使用违禁药物的原因有很多，而且在温哥华，流落街头的人、滥用药物的人，都出奇地多。他们会在路上给自己的胳膊扎针，用完的针就被随意扔在地上。而这些事，我其实并不太知道。

当然，每个城市都有它的阴暗面。就好像世界上并不存在完美的人一样，这世界上也并不存在完美的城市。

不过，即便是在面对这些阴暗面的时候，加拿大做出的反应也都非常有加拿大的特性。比如说，寄宿学校的事情曝光后，各个地方都举行了“所有孩子的生命都是宝贵的”运动。还将9月30日定为专为原住民举办的“真实与和解之日”，并立为法定节日。（在温哥华，这一天大家都会穿上表达团结

一心的橙色T恤，还会把历史事实教给孩子们。）这种投入实际行动的速度，令我这个日本人感到很惊讶。

我常去的那个巴士站上张贴了省政府的巨大海报，上面写着：

“药物中毒不是一种选择，而是一种精神疾病。请停止您的偏见。”

不单是在巴士站，我还能从广播里听到。

此外，我还能看到一个美丽女性正望向这边的海报。但它不是化妆品广告，也不是什么时尚品牌的广告。

上面写着：

表姐妹，学生，艺术家，朋友。

使用药物的，是一个个真实的人。

不要去责备，

不要去侮辱，

不要去歧视。

这个海报还有一个英俊男性的版本。也就是说，这些海报都在强调“谁都有可能成为药物使用者”，并且强调“那不是一种选择，而是一种精神疾病”。

实际去医院看病的时候，医院的人也会和询问“有癫痫发作史吗？”“在吃控制糖尿病的药吗？”“有药物过敏吗？”一样，很平常地询问：“有使用以娱乐为目的的药物或大麻吗？”（顺带一提，大麻在加拿大是合法的。）

我回忆起了在日本因为使用药品而遭逮捕的艺人被如何对待，如何评价。我还想起了那个“放弃毒品，还是放弃做人？”的宣传语。我记得药物使用者被一股脑评价成“一味沉溺快乐的懒家伙”，记得药物使用者的形象被描绘成僵尸，记得在电视新闻里，随随便便地播放出那种会刺激使用者欲望的“白色粉末”。

温哥华清楚地解释了药物使用者处在什么样的状态，并且贯彻了要平等对待药物使用者的态度。药物使用者并不是“一味沉溺快乐的懒家伙”。当然，也不是“放弃做人的怪物”。他们一样是人，就在我们的身边，就在我们之中，我们彼此并无明确区别。

据说以前温哥华市民还展开过是否应该建私立医院的讨论。虽然免费医疗很好，但是要等很久，所以是不是应该建些私立医院，让金钱更宽裕的人优先看病呢？但是，这样做就等于可以优先去救花钱的人的命了。最终将演变成“人的生命要靠资产多寡来分类”。于是，温哥华掀起了反对运动，人们大声呼吁平等。这种做法也真的很“温哥华”。

那些流落街头的药物使用者中，不停地有人使用药力相当可怕的、根本不是医生开具的药物。他们会被拉去急诊，在急诊处诊断生命是否垂危。这一系列举措都是免费的。所以也不存在能付钱就可以优先看诊的情况。倒是状态越危险的人越应该优先处理。所以，用药过量的人，要比其他所有人都优先接受治疗。但没人对此表示不满，因为人人生命平等。

就算被流浪汉（这个称呼似乎会给他们打上歧视烙印，所以有些人认为应该叫他们无家可归者）搭话，或者被在街角给自己扎针的人打招呼，大家也都坦然回应。没人会逃跑，小孩子们也是这么受的教育。

毋庸置疑，LGBTQIA+[1] 在这儿是绝不该遭排挤的。大街上插着很多彩虹旗，一些大型银行的广告里也会非常自然地出现同性伴侣的形象。

新造的游泳池不单有男性和女性两个更衣室，还一定会有一个第三性别更衣室。饭店也逐渐不再仅用“男性和女性”去区分厕所，而是改成那种人人都能用的厕所，同时还必然会设置一个能让轮椅进入的单间。

城市的设计让重度残疾人士也能独自行动。巴士和电车上

1　这个缩写是所有非规范性的性取向和性别认同的总称，旨在包括和尊重各种性少数群体的多样性和包容性。

一定会设置轮椅优先席。上下车时会自动有斜坡填补高低差。虽然乘坐轮椅的人上下车比较花时间，但没人会抱怨。移动有困难的时候，周围的人都会很自然地出手相助。有残疾会给大家添麻烦的观念并不存在，这儿的人都自然而然地觉得，有人遇到困难就该出手帮助。而接受帮助的一方也并不会产生什么过剩的感激之情。

原本，这样的共生环境才是理所当然的。不过，所有人都把这当成“理所当然”的城市，也并不只是对少数派，而是对所有人都十分温柔。

或许，以上这些也通通只是我想看到的结果而已。我常对自己的偏见感到失望。可即便如此，温哥华的这种态度（不，我觉得这已经是温哥华的行事准则了），总能让我感到眼前一亮。我很喜欢温哥华，真的非常喜欢温哥华。

虽然，我们总可以很优秀，可以持续进步，可以努力做到最好，但当我们无法自爱，也无法被爱的时候，如何才能做到完美呢？

——李翊云《理由结束的地方》

身体在惨烈沉沦

急救部的门口挤满了担架和警察，是不是发生什么大型事故了？我坐着候诊，离我不远就是一台担架，上面躺着一个年轻男性。一名女性就陪在他身边，一直轻抚他的脑袋。这一天，天气非常寒冷。

我去分诊台讲了一下自己的症状，对方马上给我测了体温。39.4 摄氏度。测完体温我就去等待室的椅子上坐着等待叫号。坐着对我来说其实很困难，我很想躺下来，但这儿并没有能让我横躺的空间。

前天 S 开始咳嗽，于是没有去上日托。昨天，丈夫也说身体很疲乏。而正在接受化疗的我状态也不好。我的免疫力越来越差，轻易就会被传染病毒。无论如何都不能被感染啊，为此，我还戴了两层口罩，反反复复地洗手、漱口。可是，我实在无法离开 S。

一早起床时我就察觉到自己可能是发烧了。这种隐隐的不

祥的预感愈演愈烈，我感觉自己的体温越来越高了，还出现了严重的恶寒。我把暖气开到最大，整个人都钻进厚被子里，可是身体还是止不住地打寒战。我给癌症中心的急救热线打电话，可是完全没人接。我在电话留言里讲了一下自己目前的症状，然后躺在床上进入意识朦胧的状态。后来，急救热线给我回了电话，让我赶紧来急诊。于是丈夫开车把我送去了急诊。

按目前状况，我其实早做好了要等好几个小时的心理准备，所以排到我的时间还算比较早的。可能是因为我对分诊台讲明了自己目前正在接受化疗的情况，于是就得到了优先处理的机会吧。于是，我被直接带去单独的房间，换上了病号服。在此期间，我仍旧无法控制恶寒，整个身体都很疼。尤其是嗓子，如刀割般难忍。护士给我拿了泰诺，可我的嗓子疼到连吞咽药片都觉得费力，药物起效后虽然不再感到恶寒，可是嗓子疼的问题依然没有解决。

我还照了胸片，做了血检。躺在床上时，我手指上还夹了脉搏血氧计。能听到“哔——哔——”的有节奏的电子音。因为有疫情，所以我做了鼻拭子。长长的棉棒戳进了鼻腔深处，我顿时疼出了眼泪。

典子给我送来了手机充电器、水果、糖和书。但护士不让我走出房间，所以我没能见到她。我告诉护士自己想去趟洗手

间，护士告诉我：“就在这屋里解决。”房间里有一个坐垫部分开了个洞的轮椅一样的东西。我一开始不知道那是用来干什么的，仔细一看才发现那个椅子下面摆了一个桶。我只能在椅子上小解，尿液流进桶里，又飞溅起来，沾到了屁股上。

那天一直到晚上我才见到了医生。胸片显示无异常。血检显示我的白细胞数值极低，不过医生说这可能是化疗的原因。新冠检测的结果还未从检测机构那边返回来，如果结果是阳性，那就必须采取一些特别手段了。最终等到结果通知的时间是夜里 10 点 52 分。结果是发送到我手机上的。阳性。看到那行字的时候，我已经连绝望的力气都没有了（丈夫和 S 在我逗留急救部门期间也接受了检测，他们俩也都是阳性）。

无论吃多少泰诺，嗓子火烧火燎的疼痛感都无法消除。我感觉自己的扁桃体肿到压迫了整个喉咙，简直连呼吸都困难。我反复出现恐慌发作，胸口仿佛被重重挤压，无论怎么拼命想要呼吸，肺里都吸不进一点点氧气。好几次想大喊，可是一点声音都发不出来。就算按了呼叫铃，护士那边似乎也因为太忙碌，很少会过来。我手指上的脉搏血氧计显示我的血氧指标很正常，也一直在发出规律的电子音。只要护士确认血氧计数值正常，就会认定我不要紧。

“所以，很遗憾，我们也没有什么能为你做的了。”

我已经接受了 15 次化疗，只剩最后一次了。

今年的新年前后这段日子，我过得很安稳。阿站已经彻底恢复健康了，除了愈后检查，这场病没有再继续影响他的情绪。之前遭遇事故的车辆也修理好了。丈夫的胆结石问题暂时得到了控制，S 自从那次跑了趟急诊之后就再没有发过烧，耳朵也没有疼过。现在每天都和雷米一起玩儿到精疲力尽。

新年伊始，我和典子、智绘里一家，还有在 UBC 做素粒子物理学研究的马科斯一家一起去滑雪了。我对自己的体力没什么信心，所以没有实际上场去滑。就待在滑雪小屋里读了《三体》。还和典子他们领回来的小狗麦洛和特雷尔一起散步，一起在床上午睡。到了晚上，我们几家围坐在餐桌边，欣赏马科斯的弹唱，或者开心地讨论着宇宙的话题。孩子们会戴着黑色帽子，模仿迈克尔·杰克逊的舞步。去年还不会滑雪的 S 今年终于会滑了，满脸都写着成就感和自信。他还说不想住我们的那间小屋，而是想去和小空、浩介住一起，实际上他也真的做到了。

化疗虽然会产生副作用，但因为有两周的间隔，所以熬过第一周之后会慢慢舒服一些（然后等身体好受了，又马上到下一轮化疗的时候了）。我也习惯自己给自己注射非格司亭了。我还会坚持比走路都慢的慢跑，而且在跑的时候被无数后来者

超过去。在家里动不动就要歇一歇的日子，我也习惯了。我的心仿佛飘荡在低空，很安宁，很沉静。

就是在这当口，我感染了新冠。

在得知罹患乳腺癌以来，我第一次产生这样的想法：

“为什么是我？”

迄今为止，我曾想过无数次“怎么是我？”，可是，我从没想过“为什么是我？”。这里面的“为什么”，往往会含有一丝“为什么不是别人，偏偏是我？”的意思。而这往往会让我们对这种想法，以及这么想的自己产生强烈的自我厌恶感。所幸，得知自己患癌的时候，我丝毫没这么想过。我当时只觉得“好在这件事没有发生在别人身上”，我打从心底里感到高兴，高兴我最爱的人没有遭遇这种事。

可是，当我身处急救单间里时，我终于忍不住想：

“为什么是我？”

为什么这种事竟发生在我身上？我究竟做错了什么？

躺在病房里，我满心恐惧，害怕下一次恐慌发作袭来，害怕下一秒，我就又不能呼吸了。所以我决定全神贯注地聆听自己的心跳声。可是，一旦开始关注心跳，偶尔的几次不自然的心跳加速声又会让我开始恐惧。有时我会感觉一阵意识模糊，可我不知道这究竟是因为睡意袭来，还是此外的什么东西在接

近我。

医生告诉我，目前新冠没有什么特效药。觉得疼，就吃泰诺。然后就只能硬着头皮等待痊愈。

从一大早起我就什么都没吃。肚子空空，可因为嗓子太痛了，我实在没勇气吃下任何东西。只能在泰诺还有效的时间里嚼一块随身带的日本制梅子味口香糖。我拆了一块，放进嘴里。然后立刻又塞了一块进嘴里。最终，我一口气把整包梅子口香糖全塞进了嘴里。嘴巴里塞满了口香糖，我用力嚼着，嚼着，一边哭一边嚼。嚼到下巴又酸又痛，我把口香糖吐在了纸巾上，又把嘴巴里残留的唾液吐进了简易马桶里。

那个马桶之中，还残留着我的排泄物。

1 月 13 日

求求了，饶了我吧。

第二天离开医院时，我依然烧得厉害。

跑来医院接我的丈夫见我的状态竟然比昨天还差，吃了一

惊。我浑身都在抖，除了口香糖什么都没吃。

回到家后，我连外套都没脱就一头倒在了床上。丈夫把暖气开到了最足，把所有被子都盖到了我身上，即便如此，我还是抖个不停。我知道自己必须得吃点泰诺了，可我甚至连爬出被子去拿药的力气都没有。最终，我用尽所有力气，才终于把泰诺吃了下去。可嗓子的疼痛感依然没有消失。

转天，我还得以这样的一种状态再去趟医院。虽然新冠没有特效药，但化疗期间免疫力会下降得很厉害，为了防止新冠病情恶化，我必须接受一种叫作索托维单抗的新药的点滴治疗。关于这种药，医生和护士纷纷反复强调它“真的真的非常昂贵”。

因为我是新冠阳性，所以医院是没法随随便便让我进去的。我戴了两层口罩，在医院门口等待护士来接。她带着我步行去病房。因为药物的效果，我总算退烧了，但嗓子还是很痛，脑子也昏昏沉沉的。

病房里除了我之外，还有一个年纪很大的女性。看她头发很浓密，应该不是接受化疗的人。不过可能是有什么免疫系统的疾病吧。

“你是中国人吗？”

她问我。听说我是日本人，她露出一个失望的表情。我非

常理解她的感受。人在不安的时候真的很希望能听到母语。听说是她儿子一直把她送到医院门口，但是医院不让家属进来，所以她就只能在这儿独自等着。

“我觉得不用来的，可是我儿子说得看医生，于是就来了。我觉得我不需要这个药的。”

对方一个劲儿地重复着这几句话。而且她好像还有点耳背，必须提高嗓门和她说话，她才能听懂。可我嗓子实在太痛了，很难放大声音说话。

我们两人都是手腕上扎着点滴针头的状态，等待索托维单抗到场。因为这种药实在太贵了，绝对不能浪费，所以要保持万事俱备的状态才能拿药。我们等了 30 分钟，药总算拉来了。看着那个输液袋里装着透明的药液，感觉好像也没什么特征，更搞不清有什么特别之处。院方简单讲解了这种药可能会产生想吐或者过敏休克的副作用，不过这个副作用是短期的，长期来看又会对身体产生什么影响呢？这就不太清楚了（其实新冠的疫苗也是同理）。

当然，选择权在我。我可以拒绝使用这个药。可是，我的身体已经因为化疗和新冠而衰弱不堪，除了依靠这种新药，实在也想不出别的办法。而我只希望自己能顺利地把化疗做完。

如果化疗顺利结束，那么就预定在 2 月末做手术。最后一

次化疗后要稍微恢复恢复体力，所以空出四个星期左右再做手术会比较合理。化疗时间后推，手术时间也会自动延后。一旦后推，就不确定具体哪一天进行手术了。

我仍然记得之前听过的那个广播新闻。因为新冠疫情，医生、护士人手不足，有一位男性的手术遭延迟，在等待过程中，癌细胞扩散到了全身。就算完成了化疗，也并不意味着身体里的癌细胞就全被消灭了。在手术延迟的等待之中，肿瘤可能会再次变大。人在身心脆弱的时候，总是会想些有的没的。明明都还没做手术，但我这段日子总是会做些术后复发的噩梦。

这一次打点滴大概花了 30 分钟。也就是说，我和那位老妇在房间里待了一个小时。在此期间，她一直在和我聊天。

“这个药究竟是啥呢？”

“谁是咱们的护士呢？”

“在这儿搞这些，感觉好傻。”

途中，我放弃了回答她的提问。不时地，她会定定地盯着我看好久好久，然后大大地叹一口气。

打完点滴，我们还要再在屋里待五分钟。这个病房里有一股消毒水的味道。我们两人的手被一遍又一遍地消毒，已经被擦得惨不忍睹。我很想把自己的护手霜借她用，可我根本没力

气再做任何事了。

五分钟结束，她喊来了护士。

“谁来带我去找我儿子啊？”

过来的是负责其他病房的护士，那护士说她没办法帮忙。负责我们这个病房的护士之前说：“点滴打完之后自己用纱布按住针眼，过五分钟后就可以回去了。”但这个护士跑去哪儿了呢？我们都不知道。

于是，老妇盯着我看了会儿，问道：

“能帮我给我儿子打个电话吗？”

她好像没有带手机。我掏出自己的手机，请她把她儿子的电话号码背了一遍，拨出了电话，铃音只响了一声，对方立马接了起来。

“我们打完点滴了，我可以陪您母亲一起走到医院门口。”

听我这样说，对方在电话里连连道谢。我挂断电话，见她第一次露出了笑脸。那笑容令我忍不住想象她少女时的模样。

来的时候明明是护士带着的，回去时却只剩我们自己寻找出口。我们两个新冠病人彼此紧拉着打过点滴、被摧残得十分凄惨的手，缓缓走在长长的走廊上。她的腿脚好像不大好，走路时的仪态却非常端庄。

“这么大的医院，很容易迷路的。”

她说。的确，这医院特别大。估计会有一些新冠病人在这儿迷路，到处寻找出口吧。无论哪家医院，都长期面临着护士人手不足的问题。

“多亏有你在呀。”

她说。

“也多亏有你呢。”

我回答。

走出医院大门，就看到她的儿子一脸担忧地等在外面。他又不住地对我感谢了一通，然后拥抱了他的母亲。我们可都是新冠病人欸，这样近距离接触不要紧吗？我本来想问，但转念一想，他也有可能已经阳了。

丈夫和 S 看上去状态都不错。听说奥密克戎导致的症状是因人而异的，有些人甚至属于无症状感染。而且，就算是阳性，也依然需要他们来医院把我接回去才行啊。

老妇很不开心地坐进车里，对我挥手道别。我也对她挥了挥手，坐进丈夫车里回了家。

我总希望自己，

并不可怜。

可是人啊，

却总是要遭遇悲惨，才算真正活着。

——安水稔和《生存之歌》

我躺在床上休息，突然发现自己左眼一侧的边缘出现了一些闪光。

每当要开始偏头痛，我总会事先看到这种闪光。那个光很长，还一下一下地扭动着。有点像花花绿绿的龙。可是，这一回它的模样却好似雪花。那雪花不住地变换着色彩，静静地打着旋，非常漂亮。

时隔许久，我再次拜访了朱利安。发烧问题和嗓子疼痛的问题已经解决，体力也恢复了不少。可是味觉始终没能恢复。因为不想看到什么比较负面的信息，所以我就只是在网络上搜索奥密克戎毒株可能造成的症状。

我把自己请针灸师扎了扎穴位来缓解偏头痛的事，还有味觉尚未恢复的事，以及身体有些沉重的事都告诉了朱利安。朱利安为我开了新的处方，又说了一声“你稍等一下哦”，随后从厨房拿了一只杯子过来。杯子里是柚子茶。

“喝一口试试？”

我啜饮一口。柚子酸酸甜甜的味道瞬间在口腔之中扩散开来，我吃了一惊。

“好喝！”

我不假思索地惊叹道。朱利安笑了。

“你的味觉会一点点恢复哦。”

在回家的路上，我顺路去了一趟韩国超市，买了柚子果酱。回去之后，我挖了满满一大勺，用热水冲泡开。尽情感受着那种“美味”，并为此感动不已。我在一天里喝了好几次柚子茶。之后的好几天，我还是只能尝到这个柚子茶的味道，但慢慢地，我也逐渐能尝到其他食物的味道了。一个星期之后，我的味觉就彻底恢复了。

1 月 24 日

我读到了一条关于阿富汗的新闻。那是关于一个母亲和她的四个女儿的事。自塔利班控制阿富汗起，生活越来越艰难，难以为继。所以这一家决定以大约 11 万日元的价格把长女那扎宁卖掉。不过这件事被支援团体知道后，给予了她们援助，长女也免于被卖掉的厄运。衷心祈祷她们以后能成为这世上最幸福的五个人。

最后一次化疗被取消了。

“距离手术也没有几天了，你得了新冠，也没什么体力。所以我们决定跳过最后一次化疗。而且，加奈子你的化疗成效很好。”

罗纳尔多医生在电话里这样告诉我。挂断电话后，我迷迷瞪瞪地呆坐了一会儿，然后哭了起来。因为很高兴。也是在那一瞬间，我突然意识到化疗给我带来了多么大的压力。

我原本觉得自己在家人和朋友的帮助下，体面地完成了一次次的化疗。实际上，这整个过程也并没有我想象的那么艰辛……才对。可是，还剩一次，最后一次的化疗，又的确在我脑海深处投下一片阴霾。

常有人问我，化疗过程中哪方面最让人难受？虽然化疗会产生很多让人难受的副作用，会恶心，会有口腔炎症，会便秘等。但我的确挑不出哪一个是最难受的。不过，在治疗期间（我的化疗时长 4 个月），没有一天是很舒服轻松的，这一点我觉得很难受。当然，这 4 个月里的确也会有身体状态还不错的日子。在这样的日子里，我还能慢跑，甚至锻炼锻炼肌肉。能和朋友吃个饭，和小孩子一起玩耍，某些瞬间，我可能会短暂地忘记自己已经得了癌症。可是，每次做完这些，我都会累得筋疲力尽。我必须睡很长时间的午觉，光是洗个澡都累得动

弹不得。尤其是在经历了一些开心事之后，那种疲劳感更是令人难受。因为那会提醒我：你的身体已经和之前截然不同了。

吃不下朋友们做的美味佳肴，我也会很难受。朋友们明明为了我和我家人，送来好多营养均衡的美味，可我有时候却只能吃下杯面和薯片一类的垃圾食品。一直到最后我也搞不清楚原因，但我觉得那个感觉就和害喜有点像。总想吃点什么，不然就会恶心。可那个食物还不能是有益身体健康的类型，而且，就算吃下去，那种恶心的感觉也丝毫没能消除。我会吃杯面，吃薯片，甚至大半夜起床去厨房找吃的。即便如此，我的体重还是不断地下跌。得了新冠之后，我有一次洗澡前对着镜子打量自己的身体，不由得大吃一惊。我身上的骨头都突起来了，大腿和屁股上的肉也全没了，整个人薄得像纸片。

不过，对我来说，面容的变化倒没让我感到太难受。脸色虽然难看，但我也没涂过粉底液。手指发黑，我也不会涂指甲油。我出门始终戴着一顶毛线帽，与其说是遮挡我的脑袋，不如说就是单纯觉得好冷。天气晴朗的时候，我就在海边摘下帽子晒太阳。像这样能让头皮直接接触阳光的机会可不多呢，我得好好珍惜。周围的人并不会对我指指点点，也没人会盯着我看。就算偶尔和路人对上视线，对方也顶多报以微笑。

有一次，我在画具店和护士打电话，商量下一次化疗的时

间。等我挂了电话，收银的男性对我说：

“不好意思，我听到了您电话里讲的内容，请问您现在是在接受化疗吗？”

“是的。”

我回答他。

“您真的很勇敢。”

随后，他为我本来要买的素描本和画笔都免单了。我特别开心，还把这件事告诉了我的护士克里斯汀（就是那个穿艳粉色匡威，性格很好的护士）。于是她说：

“太好啦！不过，某种意义上讲，这不也是理所当然的吗！加奈子就是比任何人都勇敢，是骁勇善战的英雄！”

然后她又补充道：

“早知道会给免单，咱们就选点儿更贵的东西好了。”

我有一个名叫科尼的前辈，也曾患过乳腺癌。她是早我一年被诊断患癌的，在我开始接受治疗的时候，她的治疗已经结束了。是阿曼达介绍我们认识的。科尼是一位温和又体贴，同时很有能量的女性，所以我一见到她就喜欢上了她。我们时常找些由头聚一下，比如一起吃个饭、喝杯咖啡一类的。

“大家不是都会夸我们很勇敢吗？”

有一次，科尼说。

“我呢，一点都不觉得自己勇敢。因为这不是我自己主动选的路啊。”

其实我也是这么想的。我们想法一样，这令我感到很开心。

“我懂你！我也不觉得自己很勇敢，只觉得事出无奈，只能如此，对吧？”

“没错。”

当时我们就坐在一家名叫 Simit Bakery 的土耳其咖啡馆里。我点了一杯拿铁，科尼则说着“难得来这家店”，点了杯土耳其咖啡。这家店的贝果很受好评，于是我们各点了一种贝果，撕成小块品尝。我点的那枚贝果上面撒满了芝麻，口感软糯，特别好吃。我又继续说道：

“其实要说害怕，我是真的特别害怕。与其说是克服了恐惧，不如说只能一边认可恐惧的存在，一边坚持下去吧。”

关于“恐惧”，尼日利亚作家、社会活动家鲁维·阿贾伊是这么说的：

“‘无畏’和‘不会恐惧’是两码事。‘无畏’意味着恐惧不会削减我们该去做的那些事。它会让我们一边体会着‘恐惧’，一边向前进。”

我们，不，至少我自己是一点都不勇敢的。我害怕很多事，我总是战战兢兢。可我想活下去，所以我愿意坚持治疗。无论是自己给自己注射非格司亭，还是打索托维单抗，都是因为我怕死怕得狼狈。因为我想活着，无论如何都想活下去。

在作家王鸥行的作品《大地上我们转瞬即逝的绚烂》中，主人公小狗曾说过这样一段话：

> **即便知道身体已经无法再支撑下去，我们依然还要努力维持生命。我们给它以食物，为它摆出舒适的姿势，我们清洗身体，让它吞下药物，爱抚它，有时还会让它聆听歌曲。我们之所以要保证这些基础的照顾，并不是因为我们有勇气，也不是因为我们有献身精神，而是因为这就像呼吸一样自然，是人类的最根本的行为。我们要支撑着身体，让它持续运转下去，直到时间将它抛弃。**

小狗祖母的生命已经快要走到尽头了。可他仍旧不愿放弃，依然在坚持照顾着她。这种做法并不是出于勇气和献身，只是因为人类“就是如此”而已。

我把其中“祖母”的部分替换成了“我自己”。无论处在一个什么样的状态之中，我都希望能尽全力维持自己的生命。而这并非出于勇敢和献身，它仅仅是一种冲动（所以，能下定决心斩断这种冲动的人，他们的勇气也是难以估量的）。

即便如此，大家还是会对我们说“你很勇敢”，而且会为我们还活着这件事献上祝福。我为此而感到高兴。所以我也从不会犹豫，每次都是正大光明地把自己的秃头展示给大家。

“有时候啊，我觉得自己打‘我得了癌症’牌还打得有点太多了呢。”

科尼说。她以前是个工作狂。自从患癌，她就休息了很长一段时间。丈夫一边供养着两个孩子和科尼，一边还会做家务和烹饪美味料理。

即便是在化疗期间，科尼也在坚持慢跑。我们约见的地方无论多远，她都一定骑着自行车赴约。这段日子她报了滑雪课程，正为学会了向后滑行而雀跃不已。她会这样，一方面是因为她与生俱来的积极性格使然，一方面，也和接受治疗后发生的某件事有关。

最后一次化疗结束之后，她突然觉得有些寂寞。此前她一直都有一个目标，那就是“克服癌症”。每天都在和副作用战斗，和未知的疲劳对峙，和医生、护士团结一心地去努力达成

那个目标。当所有治疗都结束后，她虽然很高兴，但同时也会思索：“接下来我要以什么为目标去活？”听到她这个问题时我还在接受化疗，于是我说：

“就只是活下去，不是就很好了吗？”

听我这样讲，她回答：

“话说得没错啦，但可能是因为我的性格吧，我需要一个目标，活着的目标。”

所以，报滑雪课程，也算是这目标的一环。

“原本做不到的东西一点点能做到了，这会让我感到很开心。”

此外，她还开始写作了。

“我想写小说，但不知道现在该怎么做，总之，我给自己定了目标，每天都得写点什么。”

“这样做真的很棒。”

我脱口称赞道。

我自己在治疗的过程中也一直在坚持写东西。小说、随笔、日记。书写可以帮助我整理自己的思维，也能帮助我去发现自己意料之外的想法。在书写的过程中，我有时还会忘记自己正在接受癌症治疗（不可思议的是，在写一个关于罹患癌症的女性的小说时我偶尔也会忘记）。我不知道这算不算是一种

救赎，但至少写作对于我来说就是绝对有必要的一种行为。

还有一个毋庸置疑地拯救了我的行为，就是阅读。小说、散文、报道、诗歌，我阅读了各种体裁的文字。为了同时学习英语，我读了英文小说。我跨过了“读不懂”的障碍，一头钻进了文字之中。我尽最大所能，把能找到的艾丽芙·沙法克的作品全都找来了。读到瓦莱里娅·路易塞利的作品 *Lost Children Archive* 的最后一章时，我屏气凝神，几乎一动都不能动。读凯利·里德（Kiley Reid）的作品 *Such a Fun Age* 的时候，我被逗得哧哧直笑，不过有时又觉得心里好似被针扎一般。读罗克珊·盖伊的作品《饥饿》令我感到悲痛不止，甚至中途要停下好几次，才最终读完它。

谈到读书，弗吉尼亚·伍尔夫曾这样说过：

“那就仿佛走进了一个漆黑的房间，手中举着一盏明灯。光明照亮了早已存在在那儿的一切。”

威廉·福克纳也曾说过类似的话：

“文学，就好似在深夜的荒野之中擦亮的一根火柴。一根火柴的光亮是微弱的，但我们能凭它去意识到周围有多么黑暗。”

读过书后，我也感受到了福克纳所说的“黑暗”。故事自身散发的光芒无疑拯救了我。但是帮助我注意到了自己所沉浸

的黑暗，这也一样以一种全新的方式，强有力地拯救了我。这黑暗应该是顽固的、深刻的，它应该已经伴随我许久了。可是，当我窥视那似乎从未见过的、全新的黑暗时，我发现就连我自己都是崭新的。我不禁自问：我在这儿思考着些什么？我是谁？我是什么？从某种意义上讲，这种感觉和冥想比较相似。

在典子的推荐下，我一直坚持冥想。

入睡前，我会花十分钟（五分钟也好）的时间来深呼吸，并静观我自己。

就这么在冥想中逐渐睡着是很好的。比较麻烦的是脑子开始不停思索接下来必须做的事，还有复盘内心各种小疙瘩，导致完全无法集中精神的情况。不过，也不知从哪天开始，这种“无法集中精神的感觉”甚至也开始被我看作是能够观察到“全新的自己”了。类似：哎呀，我现在无法集中精神欸；啊，又有新的不安冒出来了呢。又来？加奈子你的不安可真多呀……一类的感觉。

我所静观的大抵都是我内在的恐惧。这种恐惧真的会非常非常频繁地出现。比如，倘若我某天非常生气，我便静观自己的情绪，当我逐渐将这种情绪条分缕析地拆解，最后出现在我眼前的，就是恐惧。虽然有些感情乍一看是离恐怖很远的愤怒

或恼火，但依然可以断言——恐惧才是它们的发端。

恐惧没有形态。那种没有实体的块垒将我附身，有时候，就连恐惧本身都仿佛在害怕些什么。于是，我开始怜悯恐惧。那长期寄生在我身体里，成为我情感发端的恐惧，完全是我制造了它。我是恐惧之母，恐惧之父，恐惧之友。于是我拥紧了我的恐惧。这被制造出来的、长期折磨我的恐惧，只有现在的我才能将它当作独属于我一人的东西，只有现在的我，才能紧紧拥抱它。

你不知道。

不知道被口渴唤醒的寒冷清晨，你会在洗脸池的镜子前，看到因为一个已经忘却内容的梦而濡湿的双眼。不知道当你用冷水冲洗面庞，你的手会颤抖多少次。不知道那从未说出口的话，像一根灼热的铁钎撕裂你的喉咙。我也一样看不到未来，一直都看不到未来。我只能不懈地努力。因为只要稍有松懈我就会不安，所以我才拼命地努力，直到今天。

——韩江《恢复期》

手术日定下来了。

我和马莱卡见了面，听了一下手术概要，她一直在强调：

“手术前一定要充分恢复体力，总之要尽量多吃点东西哦。”

听到她这么说，我想着得让自己孱弱的身体尽量长点肌肉，于是又做起了肌肉锻炼。胸肌的存在尤为重要。肌肉越多，手术后就恢复得越快。于是我选择了一些主要锻炼胸肌的练习，有空的话还会做俯卧撑。

已经不用化疗了。这令我感到心情爽朗。那种好似害喜一样的症状消除了，我的身体也变得能够接受美味饭菜，能吃下很多东西了。我的体重在逐渐恢复，也不再受腹泻和便秘困扰了。

头发已经长出来了（朋友还笑我说“连发根都是急性子”）。鼻毛长了出来，所以鼻腔里会存好多鼻屎的问题也解决了。阴毛也长出来了，性器官不再有异味了。长出来的毛发不会再脱落了，好不容易养出来的肌肉，也不会再悄无声息地消失了。

不过，这场手术也绝对会令我永远失去某样东西，那就是我的双乳。

虽然癌细胞集中在我右侧的乳房中，但考虑到我携带BRCA2 变异基因，所以一旦复发，转移到左胸的概率相当高。

为了预防，医生建议我切除两侧乳房，以后最好还能将卵巢也切除掉。

我对切除乳房没什么抵触心。生下 S 之后，我这对乳房曾免费提供了那么多的母乳。等哺乳期结束，乳房也彻底瘪了下去。那时候我已经有一种“我的乳房完成使命了”的感觉。我真的受了它太多照顾了，已经足够了。

医生告诉我，在切除乳房的同时还能再建。在胸部加入假体，也就是同时进行整形手术的意思。我对再建的事情表现得毫不积极。虽然说是“同时再建”，但需要先在胸部放入乳房扩张器，实际装入假体要等到好几个月之后才行。一想到还要再做一回手术我就感觉麻烦得要命。而且一旦做了整形，从此以后就得不断维护假体。而且激烈的运动还可能导致假体破裂，这一点也让我感到非常担忧（虽然这种情况很少出现）。所以我认定自己并不适合再做重建。

于是我告诉马莱卡，自己不准备做再建手术了。做出这个决定也并不算艰难。不过，当我听到她接下来的这句话时，却感到有些迷茫了。

她说：

“以后你说不定会改变想法，重建胸部呢，为了到时候可能会产生的需要，我们做手术的时候也可以保留乳头部分哦。”

的确，我现在还不清楚几年之后的自己会有什么想法。就好像在几年前，我根本没想到过自己会患癌一样。

不过，在和马莱卡聊过之后，我立刻做出了决定。因为我又和向我讲解术后各种问题的护士伊斯梅拉尔达聊了聊。她也曾患乳腺癌，而且为她做左胸切除手术的正是马莱卡。

“马莱卡医生的技术特别棒呢！”

伊斯梅拉尔达说。她穿着蓝色的护士服，看上去是个特别靠谱的人。

于是，多年的经验和自信开始令我情绪高涨起来。我偶尔会遇到那种在初次见面的瞬间就很想拥抱一下的人，伊斯梅拉尔达就属于这种类别。

“加奈子你要做再建吗？”

“嗯，我不准备再建了。不过我还拿不定主意要不要留下乳头。”

“乳头？为啥？”

“因为……我虽然现在不想再建，但为了将来可能改主意想再建胸部的需要，有办法现在先保留乳头……”

听我说完这句话，她大睁着双眼问：

“乳头这东西，我们需要吗？”

她的问题令我忍不住扑哧一声笑了。确实，乳头究竟是什

么呢？我开始思考。人们一般会从性的角度去认识乳头，然后呢？它往往会被当成只有女性才拥有的东西。但事实上，男性也有乳头。可是，往往只有女性不得不严格地遮挡住乳头。女性穿了会透出乳头的服装就要遭受批判和揶揄。

我的胸部非常小，小到不穿胸衣都没关系。即便如此我还是不得不穿着胸衣，目的基本和乳房本身没关系，大抵只是为了挡住乳头。因为我一直认为不包住乳头（就算有衣服挡住）是不行的。可这又是为什么呢？为什么平时一直要被迫挡住它，却又存在一个“可以想办法保留乳头”的选项呢？也就是说，人们为什么会觉得没有乳头就很不自然呢？

因为有了乳头，乳房看上去才像真的。有些人因为肿瘤的位置导致不得不将乳头也切除，所以她们术后甚至还会在乳头的位置文一个乳头的花纹。我看过某个文身师的此类作品，文得非常出色，那些乳头简直能以假乱真。

可是，能说没有乳头的状态，就是虚假的吗？

“当然，决定权在加奈子你手上啦。”

伊斯梅拉尔达说完，卷起自己的护士服，把她的伤疤展示给我看。她的左胸没有做再建，只留下一道非常平整的线。她说得没错，一看这个痕迹就知道，马莱卡的水平很高。她没有了乳头，皮肤上还有不少黑色的痕迹，但非常光滑。那不是什

么伪造品，那是真真正正，如假包换，仅属于她自己的胸部。虽然我的表达略显凌乱，但一言以蔽之，我觉得非常好看。

“这个状态对我来说是 100% 满足了！”

她说。她只切除了左胸，而且还切掉了比较大的一部分胸部，这导致她两边胸部很不平衡，所以得在左边的胸衣里塞上硅胶垫。

“加奈子是两边胸部都做切除对吧？那样的话很平衡欸！要是遇到参加派对一类需要展示成熟女性线条的情况，你可以随意选择喜欢的硅胶垫哦。”

和她聊过后，我意识到失去乳房和乳头，好像和我从今往后的生活并无任何关系（没错，那种感觉就好像在讨论假睫毛一样）。

无论我们身处何种状态，我们都在用自己的身体生活。无论从这副身体上切除些什么，还是添加些什么，只要身体还是我们自己的身体，那它就是真的。我们这副真真正正的身体，不该由任何人去评判指点。为了在接下来的日子里，依然活出真正属于我自己的人生，我需要仔细聆听，聆听只属于我自己的愿望。而我的愿望告诉我：你已经不再需要乳房和乳头了。

“完美的身体”本身就是一种诓骗，我却在很长一段时间里对此深信不疑。还任其塑造我的人生，限制我的人生——真正的人生，应该是凭借我真实的身体而存在的。你的存在，不该被包含在某种虚构之中。

——林迪·韦斯特《不要诅咒我的身体》

木兰花的花蕾已经长满了枝头。

花蕾是杏仁形状的，还生着软绵绵的灰色茸毛。模样介于毛毛虫和小猫咪之间，非常可爱。低头看地面，会发现雪莲花开始发出嫩芽了。天气尚寒，雨还在连绵不绝地下着，但是春天的脚步的确近了。

我在 zoom 上接受了术后引流管护理的讲习。

在接受乳腺癌的切除手术后，伤口部位会接一根管子，管子一头装着排放袋，用来接盛从伤口流出来的渗出液和血液。等到液体量变少，就可以去掉引流管。在日本，去掉引流管就意味着可以出院了。也就是说，刚做完手术当然是要住院的。但在加拿大情况却不一样。至少温哥华不一样。这个手术当天做完就可以回家。当时我听护士说完，忍不住笑了。

“那个，这可是把两边胸部全都切掉了欸，也是手术当天

就回家吗？”

“对哟。”

“啊哈哈哈。”

我看了发给我的那张日程表，预计手术开始时间是12点，出院的时间是15点15分。那个……怎么还有零有整？这个15分是咋回事？紧接着我又意识到：不对头，这不是吐槽的重点！我简直怀疑自己看错了：从开始做两侧乳房全切的手术到出院只有三个小时？

既然当天就出院，那引流管护理就必须得我自己来做了。我在zoom上听了一下相关讲解。原本应该去医院实际听护士说明的，但因为新冠，就改成了线上。

我按照预定的时间上了zoom，眼前已经有好几位女性等在那里了。我们在屏幕前简单打过招呼，就开始等待护士上线。听讲的人里有几个人头上扎了发巾，有几个人毛发挺浓密的。看上去什么年龄段的人都有。人种也是多种多样，不过，大家都是乳腺癌患者。出现在屏幕前的这些人，全都曾熬过被告知患癌的那一晚。单是想到这一点，我就产生了一种超越屏幕的团结感。

很快，护士霍利出现了。打了一圈招呼，确认出席人数后，就立刻进入了说明流程。每隔8个小时，就要用量杯计算

一下从那个圆圆的排放袋中倒出来的液体，并且记录下来。一般低于 30 毫升，就可以拔掉引流管了。我开始哆嗦起来：该不会，拔管也要我自己来？不过毕竟是引流管，这个还是得让护士来拔的。

“术后不可以压到有引流管的那一侧哦。睡觉要侧向反方向。有的患者会切除一部分淋巴结，所以胳膊可能会麻，建议在有伤口的那一侧垫个软靠垫，把胳膊靠在靠垫上睡会比较舒服。”

听到这儿，我忍不住问道：

“请问，我是两边乳房都切除，这该怎么办呢？”

霍利“嗯……”地沉吟半晌，然后回答：

“那就暂时别翻身了。”

也是哦。我想。

几天后又要上 zoom 听讲了。这次是关于手术后的康复训练。这一次的说明会气氛要比上一次放松一些。护士谢恩偶尔开开玩笑，我们所有人都被逗笑了。

都到这一步了，也只能笑了。既然要做觉悟，至少得笑着做觉悟啊。

“做完手术当天就要尽量动一动，术后恢复就得多动。”

谢恩说。手术当天就能做的运动（说是运动，其实也只是

上下提肩，或者左右转动脖子一类的）。从刚手术完，到取掉引流管、开始真正的运动为止，我们接受了一系列的运动训练指导。比较令我震惊的是，护士告诉我们术后刚开始那几天，运动前要先吃止痛用的泰诺。也就是说，就算要吃止痛药，也最好能尽量运动。听说最近对闪了腰的病人也不建议静养，而是尽量运动才恢复得更快。看来，我们的身体的自愈能力要比我们想象的更高。

话说回来，自打来到温哥华，我真的不知道听到多少次“泰诺”了。无论是预约后就能去的诊所，还是要等待好几个小时的急救医院，我总会听到“把泰诺吃了”这句话。自然，药局里也摆了五花八门的泰诺。不过实际上，它们都是如假包换的止痛药（还有人会在文身之前也吃泰诺）。

或许是想法太古板，对药物还有戒心吧，每次吃泰诺我都忍不住心里嘀咕：“吃效果这么立竿见影的药，是不是不太好啊？”尤其是在得了新冠的时候，护士给我的是超级强效的泰诺（药片超级大，而且是大红色的），吃完之后脑袋里一片白茫茫的，整个身子都好似飘起来了一样。可就算是这么猛的一剂药，对喉咙的疼痛还是毫不起效，可见得新冠有多难受。我家放药的架子上也有各种各样的泰诺。小孩用的，大人用的，药效温和的，药效强劲的……总而言之，做完手术之后只要觉

得痛，就吃泰诺。这是默认法则（关于这个泰诺，后续还发生了一些事）。

“咱们患者里有需要切淋巴结的吗？当天要做前哨淋巴结活检的病人。”

有好几个人举起手，我也是其中之一。我要在手术前接受检查，查看癌细胞是否转移到淋巴结。方法是在肿瘤周围注入色素，色素会通过淋巴管集中到淋巴结的位置。届时要切掉染上色素的淋巴结，在显微镜下观察是否出现转移。

接受活检，这当然没问题。但这个检查要从早上 6 点开始，这个我有点没辙。而且做这个检查的医院和我要做手术的医院还不是同一家，真搞不懂为什么会这样。也就是说，我们要胸前染着蓝色墨水，开车转换“战场”。

如果要取掉淋巴结，那么可预测的后遗症是麻痹、肿胀、疼痛。其中尤其需要小心的是淋巴浮肿。淋巴的流动变差，淋巴液潴留，这会导致手脚浮肿。

把自己术后的美丽伤疤展示给我看的护士伊斯梅拉尔达，也把她淋巴浮肿的左手展示给我看了。她的左手涨得比她的右手大出了 1.5 倍。她说：

“不过我手部的感觉还都有，没问题！而且你看，我还是护士呢！扎针啊啥的完全可以！”

她可真是个帅气潇洒的人啊。

听完说明讲解后感到很遗憾的是，一旦切除了淋巴结，就不能再蒸桑拿或者蒸艾叶了。因为这些都会导致体温剧烈增高，这样会给淋巴带去太大的负担。我之前时不时就会跑去洋子家蒸艾叶。每次都蒸得大汗淋漓，令我忍不住惊叹："人的身体里竟然会冒出这么多水啊！"而且，蒸艾叶冒出来的汗很清爽，一点异味都没有。蒸好之后整个身体暖洋洋的，那种温暖的感觉会持续三天。最开心的是，蒸这个还对我的慢性肩周炎和头痛很有帮助。

当然，如果能不切除淋巴结，肯定更好。但我之前接受活检时曾经检出过淋巴结转移的情况，所以为了预防，医生有极大可能会切除淋巴结。好恨啊！再也不能蒸艾叶了！

"话是这么说，血流和淋巴的流通都很重要，所以一定要运动！"

对我来说，把蒸艾叶换个角度的行动，就是柔术。在海边慢跑也很舒服，锻炼肌肉（虽然蛮辛苦的）也非常爽快。可是，要大量出汗，要体会到身体里的血液在快速顺畅地不断流通（而且是仅靠几分钟的对打练习），这样的运动，只有柔术才能做到。我问谢恩：

"那个，我听您说术后两周就可以正式做运动了？那柔术

大概什么时候可以做呢？”

“柔术？那是个什么运动？”

“就是不能踢，不能出拳，其他都行。被人骑到身上，或者骑到对方身上，勒住对手的脖子一类的……”

听我说到这儿，参加 zoom 会议的人都笑了。谢恩也笑了，然后她沉吟片刻回答：

“两个月，应该就可以了。”

我听到她的回答，在心里默默吐槽了一句：“绝对不可能啦。”

接受化疗期间，我偶尔也会跑去柔术道场。虽然什么都做不了，但我就是很想去看看大家练习对打的样子。每次去，贝尔纳德他们就会力气超大地拥抱我，以示欢迎。女性班级的阿绫和由依总会对我说：

“加奈子，你是个很强大的女性！”

看着班级里的同学在上课，我实在无法产生自己是强大女性的感觉。就在几个月前我还能做这么激烈的运动啊，真是不可思议。如今我的体力已大大下降，所以，很遗憾，怎么看我都不可能在术后两个月就重拾柔术。

道场上有小惠这样的前辈。小惠是随丈夫转岗来到温哥华的。这回算第二次暂留温哥华。她有两个孩子，小一点的那

个叫阿渚的小孩在儿童班学习柔术。我带着S一起来上课的时候，阿渚总会陪S一起玩儿，她是个很强大，也很温柔的孩子。

小惠初中和高中都是学校柔道部的，所以早已经是柔道黑带。在这边的道场上她也是一路升级，转眼间已经是蓝带了。除柔术之外，她几乎每天都会去上泰拳课，我曾看到过她和比自己体型大得多的男性对手战斗的身姿，真是美得令人目眩。

小惠自从知道我患癌，就加入了我的Meal Train活动里。有一回她说自己在中东超市见到了生花生，于是从零开始做了一道花生豆腐。而且她还做过媲美甜品店的香蕉蛋糕，甚至用老面种做出了德式胚芽面包。

“我毕竟是专业主妇啦！”

小惠总是这么说。可我换位思考了一下，如果我是职业主妇的话，能做到这个程度吗？答案当然是不可能。

我还有个类似的朋友，她也是专业主妇，而且手腕高超，做出来的饭菜简直美味得难以置信。她就是奈绪。奈绪年轻时候是个所谓的“辣妹”。如今偶尔也能隐约看到她当年做“辣妹”时候的影子。我这个人呢，对辣妹简直喜欢得不得了。很多辣妹虽然看似轻佻，其实很懂礼貌，而且非常清楚自己的好恶，重情重义，行为端正。当然，其中或许也有我的主观意

愿，可能我希望辣妹是我想的那样，于是硬把自己的理想往辣妹身上套了吧。不过，无论如何，奈绪的形象都完美地符合“我理想中的辣妹”。

奈绪是 20 来岁时在洛杉矶遇到了她的先生谢恩，两人还育有尼可和雷两个孩子。谢恩性格内敛且温柔。对于日本的文化和语言这方面，他的见地有时深刻准确到了让我这个日本人都大为佩服的地步。

尼可是个性格细腻温和的孩子，不过，他同时也很有冒险精神，2 岁起就能玩滑板了。S 也在大他一岁的尼可的指导下，把一直不敢滑的一个下坡道顺利挑战成功了。雷长了一头金色的鬈发，细长眼，性格比较特立独行。据说他 1 岁半就戒了尿布！今年虽然才 3 岁，但已经和尼可一样，开始挑战滑板呀单杠呀各种各样的运动。而且他很少哭。

奈绪为我带来的饭菜，每次都会仔仔细细地附上菜谱。慢炖芋头（里面还撒了一些柚子皮），码了满满蔬菜的什锦饭，用无麸质的春卷皮包的春卷，等等。有时她还会买一大份咸鱼子，做成酱油腌鱼子送给我。

小惠和奈绪都是我初次结交到的职业主妇朋友。

一旦开始当一名作家，我能接触到的人就比较有限了。基本是同行作家、编辑老师、设计老师或者摄影师，还有在对谈

栏目遇到的一些音乐人、演员，也就是说，大家都是职场人士。仔细想来，我的高中同学和以前打工认识的朋友也都在工作，所以我的确是从来到温哥华起，才第一次和职业主妇成了朋友。

看着小惠和奈绪，我总忍不住想：“职业主妇这份工作竟然是没有报酬的，真的无法理解！”她们两人挂在嘴边的“我毕竟是专业主妇啦！”都是带着“我没有工作，所以做到这种程度也是理所当然啊”的意味在里面。可我总觉得不是这样的。因为她们真的比大多数人都努力认真地在工作啊。

的确，在温哥华做一名职业主妇（或者主夫）是很难的。房租和物价都在飙升，除非另一半的工资相当丰厚，否则夫妻一起工作才是常态。我明白她们对自己的丈夫心怀感激，可就算如此，我依然觉得她们所谓“做到这种程度也是理所当然”的想法并不成立。

我虽然没见过做职业主妇的加拿大人，但就我从同样在抚养孩子的朋友之中听到的看来，在众多国家的妈妈之中，日本的妈妈是把家务做得最完美的。很多妈妈给孩子准备的便当都是夹了黄油花生酱或者果酱的三明治，再配个苹果或者生的胡萝卜，加一份饼干，基本不会一大早就开伙。她们听说日本妈

妈会在便当里塞上煮好的米饭捏成的饭团，还有鸡蛋卷和汉堡肉，个个都惊呼："天啊，好疯狂！"对她们来说，那种花费大量时间心血做出来的卡通形象便当，肯定是外星球才会有的事吧。

刚来加拿大的时候，我们最初是把 S 送去了一个托管人数仅限两人的小日托班，经营这家日托班的是一个中国台湾籍加拿大人，名叫阿尼。当时才 2 岁的 S 在那儿和一个叫佐伊的女孩儿成了朋友。我们和佐伊的父母（布莱恩和基多）也成了朋友，到了夏天还会一起去露营。因为有佐伊这个好朋友，不知不觉间，S 的英语发音变得比我们都要标准许多了。

迄今为止，阿尼见过无数小朋友的便当。她说，这些便当里，亚洲孩子的，尤其是日本孩子的便当和其他国家明显段位悬殊。阿尼曾和我讲过这么一件事，之前有一个加拿大家庭把他们的宝宝送来日托，结果那个孩子的便当盒里就只放了一个很硬的面包和一颗苹果。那个孩子咬了一口面包就不吃了，全都剩了下来。结果第二天，阿尼看了一眼那个孩子的便当盒，发现里面原封不动地摆着前一天咬了一口的面包。

"我看那孩子实在可怜，就给他做了饺子。"

说罢，阿尼又补充道：

"日本人做的便当营养均衡，方方面面都考虑到了，很完

美！可是，做这么一份便当很辛苦吧？”

的确很辛苦。每周的周日要先大量制作便当中的配菜，然后储存在冰箱里，而且要一大早就爬起来捏饭团。

阿尼的日托只能收 3 岁及以下的宝宝，所以 S 满 3 岁的那个夏天，就转去了新的日托机构。那家日托班是由一位名叫法提玛的伊朗女性经营的，在那儿，S 遇到了自己最好的伙伴雷米。

和只有佐伊的阿尼的日托班相比，法提玛的日托班人数要多得多。当时 S 也逐渐萌发出了自我意识，所以我一开始还很担心他，怕他无法顺利融入新环境。但是，就在 S 去这家日托班的第一天，雷米就满脸笑容地将自己的玩具塞给了 S。也正因为小伙伴的这一举动，S 的心情彻底放松了下来。雷米和 S 的喜好非常相近，而且也会彼此影响。他们俩每天都会交换玩具玩儿，搞得都分不清哪个玩具是 S 的，哪个是雷米的了。

雷米的父母凯顿和利兹都是英国人，也是从伦敦搬来温哥华的。他们一家都很外向，同时又很酷。听说我患癌，雷米父母每周都会把 S 带去他们家帮忙照看。我身体还不错的时候，雷米也会来我家玩儿，这种状态一直到我治疗结束后依然持续着，星期三两个孩子在雷米家玩儿，星期五都在我家。

自从S开始去法提玛的日托班，便当盒就换成了保温桶。饭菜也变成咖喱、牛肉洋葱盖浇饭、意面、蛋包饭、亲子盖饭一类的风格。从结果判断，S更喜欢这种风格的便当。也就是说，在意颜色搭配、营养均衡的其实只有父母而已，比起这些，我们更应该做点孩子非常爱吃的，就是哪怕只有一道菜，也能美美地吃个饱的类型。而且这类食品可以先一口气做一大堆，再冷冻起来，每天早上只需要解冻一下就能拿走，这样家长也少了很多压力。

雷米来我家的时候，我每次都会做通心粉混合芝士酱汁。据说这种意面属于加拿大人的“妈妈的味道”。不过这道菜真的是“寸草不生”，一片菜叶子都看不到（自然，小孩子最爱这个）。雷米在我家只会吃这个芝士通心粉，要不就是杰诺维斯酱拌意大利面。不过，吃归吃，他每次也只吃一口就说：

“我不吃了。”

然后就跑去一个劲儿吃些葡萄、苹果，还有黄瓜一类的东西。我向利兹或者凯顿反映情况：

“雷米今天也基本没吃饭呢。”

他们两人听了都会回答：

“雷米就是那样子啦。”

看上去似乎一点都没放心上。当然，雷米回了家也会好好

吃蔬菜的。不过在儿童饮食这方面，我感觉温哥华人都表现得比较松弛。

比如，学校的午餐时间只有 40 分钟，这还要加上玩耍的时间。学校的规定是吃完的孩子就可以玩儿了。但这个规定一出，就会有不少干脆不吃午饭的孩子出现。因为小孩子总想着赶快跑去玩儿。但是，老师并不太在意“不吃饭”这件事。想吃就吃，不想吃就不吃。遵循他们自己的意愿就好。回想我的小学时代，当时学校的要求是不把餐盘里全部的食物吃光就不可以站起来，真是难以置信。吃不完的小孩就只能在大扫除的时候去教室角落罚站。我有不少朋友对当年的这种惩罚都还有心理阴影。

雷米的身体很强壮，也很精神。他很少感冒，就算感冒了也马上就会恢复。不单是雷米，温哥华这边的人大多身体强壮，从很难马上找到专科医生，就连跑急诊也要等上好几个小时的经验来看，他们还是很重视保养身体的。不过，比起饮食（当然也存在一些对饮食极度小心的人），大部分人似乎更重视身体锻炼和运动。

眼看着那些加拿大人大快朵颐着一点蔬菜都没有的比萨，还大口喝着颜色超级诡异的果汁，同时还那么强大且健康，我

就对我们亚洲人的身体能力感到有些“唏嘘”，就算喝了加入高汤的味噌汤，吃了加入大量蔬菜的料理，我的身体还是那么“轻而易举”地就被击垮了。

天气情况非常影响我的身体。温哥华从秋季到冬季一直在下雨。身体里那些在夏天生成的维生素 D，转眼之间就用了个干净。得吃维生素 D 补剂，还要坚持做肌肉锻炼，让自己的体温增高些……可是做了这么多，我的身体还是在不知不觉中无声地悲鸣。尤其是气压变化导致的头痛非常熬人，而且我身上还叠加了一个提早到来的更年期不适。

有一次，我曾这样问我的英语老师麦克：

“天天这么下雨，不难受吗？”

麦克微笑着回答：

“嗯，我很喜欢下雨啊。下雨时空气清新甜美，而且晚上睡得特别香。”

他的出生地是艾伯塔省，因为从小生长在大雪纷飞的北国，所以在他看来，温哥华一点都不冷，简直太宜居了。在 zoom 上看到的他，无论什么天气永远都穿着一件半袖上衣。

“我小时候一周吃 3 顿一番拉面欸！对我来说，一番拉面的口味就是妈妈的味道喽。”

他说的“一番拉面”，就是札幌一番酱油味方便面。他的母亲在孩子的饮食方面应该也比较松弛吧。麦克体质特别好，每周会去上一次足球课，家里还有专门的拳击机器，供他做对打训练。

加拿大人非常明白，好身体是一切的基础。这种观念也大大地影响了我。只要身体健康，精神自然也会变得积极向上。当精神稳定，身体也能听从我们内心的愿望。这就是所谓的“身心合一”。

可是，当我们作为一个活生生的人，每天过着和病魔搏斗的生活时，我们必须知道，在人生最勇敢的这场战斗中，我们自己就是最强大的武器。

——奥德雷·洛德《一道光：与癌共生》

选自《奥德雷·洛德作品选》

做手术！

Get out of my way!

首都渥太华，卡车司机们开始了示威游行活动。

此次的示威游行，目的是抗议加拿大政府要求往返于美加边境的卡车司机接种疫苗的规定。他们为这场游行取名“自由车队（Freedom Convoy）”。他们的车队和过夜的帐篷占领了整个城市。

抗议者的人数比警察人数还多，整个城市陷入瘫痪。市长吉姆·沃特森发表紧急事态宣言。抗议者们收到了大量捐款，就连美国前总统特朗普也公开表示支持他们，还称加拿大总理贾斯廷·特鲁多是“极左派疯子”。

大部分加拿大人都对此次的示威者们持批判态度。尤其是在温哥华这样注重自由的地区的人们，他们不但对示威者的示威行为感到不悦，同时对这些示威者拒绝接种疫苗的做法也有着强烈的反感。

例如我的一些朋友就会把拒绝打疫苗的态度，直接认定是

“阴谋论者的愚蠢行为”。在美国，是否戴口罩，也是展示自己政治立场的表现。加拿大也是一样。在加拿大，坚持不戴口罩的人也会被包括到“那种人”里，所谓“那种人”，就是“阴谋论者”“特朗普的支持者”。

在温哥华封城期间，有一次我正带着 S 在路边等信号，当时我和 S 都戴着口罩。这时，一个骑自行车的男性从我们俩背后凑上来，搭话道：

“我反对给小孩子戴口罩，你应该给他拿掉。”

他的语气丝毫没有恫吓的意思，甚至可以用“很礼貌”来形容。我对他的说法感到吃惊，没想到自己会被人说“应该把口罩拿掉”而不是“应该给孩子戴上口罩”。自然，说话的这个男性自己也没戴口罩。我当场愣在原地，正在这时，旁边一起等信号的一对情侣之中的男性说：

“她给自己的孩子戴口罩的做法是对的。你才应该把口罩戴上。邦妮 · 亨利就是这么说的，你不知道吗？”

在温哥华，疫情方面一直由一位名叫邦妮 · 亨利的省保健官来控制大局。她每天都会在省政府召开的见面会上上台发言，冷静地对现状做解释说明。她的发言安抚了无数不安、恐惧的民众的情绪，尤其是在疫情初期，她的应对方式极其值得赞扬。街上的酒吧还专门制作了一款名字叫“邦妮 · 亨利”的

鸡尾酒，名为“科学世界”的科学馆在广告牌上印了她儿时的照片，还附上一条标语：“我们的世界需要贤者。”也就是说，她在温哥华人心中是个英雄。

然而，在那个骑自行车的人看来，要求人们“戴上口罩”的邦妮·亨利，恐怕就是个夺走了他们“自由”的坏人吧。骑自行车的男人没说什么，耸耸肩离开了。

我对那对情侣说：“谢谢你们，刚刚吓了我一跳。”

情侣之中的女性对我说：

“别放在心上，那种人就是无耻浑蛋啦。”

可是，那个骑自行车的男人从始至终都很平静，很礼貌。没有显露出任何暴力性的细节。然而一旦选择“不戴口罩”，并且也希望别人这样做的话，就会被温柔的温哥华人，比如那对情侣中的女性使用情绪强烈的语言来形容。而大多数人应该都和这名女性一样，对那些不戴口罩的人，不接种疫苗的人，为了“自己的自由”而占据了整个城市的示威游行者们十分厌恶吧。

自由车队不单在渥太华展开了示威活动，温哥华也出现了自由车队的游行。不过不是同一群人大老远从渥太华跑来温哥华，而是在温哥华近郊的一群支持者聚集起来，举行游行活动。也就是说，温哥华这儿也有“疫苗反对派”的存在。丈夫

在外面亲眼看到了游行活动，回来和我说：

“示威游行的那帮人是蛮粗暴的，但是有些看到游行队伍的居民会对着他们大骂脏话，还竖起中指。这还真是把我吓了一跳。”

从那时起，手举加拿大国旗的意义就变了。

刚到温哥华的时候，在外面看到那些在家中悬挂国旗的人，或者是在海滩边看到有人用印着加拿大国旗花纹的浴巾，或者国旗躺椅，我都会在心底里默默微笑。

可是，自由车队在示威游行时，也会高举加拿大国旗，以示要为“自由”而战。自此，使用国旗就多了一层新的意义。每次看到有人在帽子两侧插着加拿大国旗从身旁跑过，我就不由得有些紧张，路过一些插了国旗的家宅，也会下意识去想，里面住着什么样的人家。

新冠产生了“断层”。又或者说，它更进一步深化了原本就存在的“断层”。

我在前面也提到过，其实新冠本身并没有什么责任可言。一种病毒绝未曾想过自己要去切割人类社会，它们甚至是没有思想的。它们就只是诞生出来，然后不断分裂变异下去而已。它们所做的一切，只是为了活下去。

显而易见，造成断层、强化断层的并不是新冠，而是人类。人类划分国境，建造监牢，竖起和邻居之间的墙壁，又竖起和隔壁城市之间的墙壁。而人类，也一样自出生起就想要努力活下去。为了活下去，人类也开始不断变异。一边持续制造着和他人之间的壁垒，一边不断变异下去。

> **人们就这样在自己的国家成了难民。一个家庭失去了所爱之人，人们抛弃家园、村庄、城市，和老邻居、好朋友走上迥然的道路，有时还要经历彼此的背叛。像这样的事态，早晚有一天会被记录到历史书中吧。可是，人们只会从各自的立场出发，说自己该说的话。那些故事也将似平行线一般，永不相交，只能平行着前进。**
>
> **——艾丽芙·沙法克《失去树木的岛屿》**

手术当天，我清晨 5 点起床，窗外还是一片漆黑，好似深夜。

到 7 点前还可以喝水，于是我喝了些白开水，洗了把脸，换了身衣服。因为术后没法抬起胳膊，护士建议我穿前开式的衣服。所以我穿的是前一天准备好的一件棉质的白色睡衣。这

件衣服是我在日本的朋友理沙送的。丈夫和 S 都还在睡梦中，我写了一封信，留在了桌上。

“去去就回！妈妈会帅气变身再回来哦！”

我看向窗外，刚好 5 点半，一辆红色的小车出现在了楼下。是真由子来接我了。她每天早上 4 点半起床，清洗衣物，做早饭还有小花的便当，还会把晚上的饭也一并准备好。赶上空闲时候，她每周会去附近的健身房两三回，游泳 30—40 分钟，然后去上班。

“早上好。”

坐上真由子车子的副驾驶席时，我突然想起了我们一起去理发店的那天晚上。我们一起在黑暗的街道上奔驰，当时的我，不知为何产生了一种潜入真由子身体里的感觉。而且，我真的很想就待在那里不出来了。

可现在不是夜晚，天，很快就要亮了。

我们抵达了圣保罗医院，我和真由子一同走在廊下。

“小花就是在这儿出生的呢。”

真由子告诉我。6 年前的那个 10 月，一个名叫小花的、坚强美丽的小朋友在这家医院诞生。而我，此时正走在这家医院的走廊里。这种感觉好不可思议啊。医院能够保留无数诞生

的瞬间，同样，它也能记忆无数死亡的瞬间。

明明院方说了陪同人是无法和病人一起进等待室的，可是真由子和我一起等了起来，谁都没说什么。

“真不愧是温哥华，好随意。”

说着，我们俩一起笑了，开始等待轮到自己。前哨淋巴结活检只用 10 分钟就结束了。注射的时候实在太疼了，我忍不住发出了声音（我在日记里形容这一针是“超绝剧痛”），我的胸被染上了蓝色（后来尿出来的尿液也是蓝的）。

随后，我又坐上真由子的车，前往圣约瑟医院。这家医院也是我和马莱卡还有伊斯梅拉尔达谈过话的医院。之前丈夫因为胆结石腹痛难忍，也是在这家医院的急救门诊看的病。虽然温哥华有好几家医院，但我听说这家医院的急救门诊人相对少一点，所以当时就选择了这个从家过来车程约 30 分钟的医院（即便如此，丈夫看完病回家也已经是 9 个小时之后的事了）。

这一回，我和真由子是不得不在前台就道别，我们久久地拥抱在一起。

我对真由子说，万一自己有个三长两短，还请她多多照顾 S。真由子则回答：

“说什么呢！你绝对没问题的！”

说罢，我们两人都哭了起来。不过很快，一个活泼的护士

就走了过来。

“你是加奈子吧？早上好呀，跟我来吧。”

外科手术区域挤满了像我这样当天做完手术就回去的病人。其中有个大叔只拎了个纸兜子，晃晃悠悠地出现，几个小时后，他眼睛上包着绷带，精神不错地直接回去了。虽然等待手术的时间很长，搞得人有些抑郁，但也正因如此，我观察到了各种各样的人。我被带去的那个地方并不是一个房间，而是一片用窗帘隔开的空地。其中摆了床，那个床直接能变成推车担架。患者会在这儿换上后开的病号服，然后等待手术。这种病号服我也穿得挺习惯了，病人大多不会把后背的绳子系上，都是随意散开，耷拉着。很多人的内衣都看得一清二楚。

我暂且先躺到了病床上，此时距离手术时间还有不到 5 个小时。我掏出了手机，开始反复看一段视频。

那是我日本的朋友阿龙、智惠，还有邦彦他们，为祝福我的手术成功而祈祷的视频。阿龙拍下了大家祈祷时的样子，祈祷过后，大家还为我送上了祝福的留言。

初次看到这段视频时，我正坐在海边的长椅上。我一边看着那段视频，一边被大家的留言逗得笑喷，紧接着又哭了起来。还记得我当时又哭又笑的模样，惹得一旁玩耍的小孩子一脸不可思议地盯着我看。

手术当天，我反复地看着这段视频。

有时候，我会产生一种不可思议的情绪。大家的祝福是给我的，我明明很清楚这一点，可不知为何，我总有种“这段祝福是送给一个名叫西加奈子的人的，这个西加奈子真拥有好多的爱啊”的感觉。

而如今我发现，正在观看这段视频的我，就是那个触碰到了这份爱的人。

从被告知患癌起，随着治疗逐渐推进，我开始不可思议地慢慢感知到了“自身”的存在。

接受化疗，感到难熬时，我觉得难熬的是我自己的心。努力化疗时，我觉得努力的是我自己的身体。我会安慰自己的心，感谢自己的身体。某一天我突然想：那么，这么做的我自己，又在哪儿呢？至少，我的心并不是我，我和我的身体也是分开的。无论“自身”发生了什么，我总觉得这件事和我本身是有一定距离的。

就连难受哭泣的时候，或者说着“原谅我吧”来祈求些什么的时候，我都会和自己拉开一段距离，心想着“好可怜”。我一直作为“西加奈子”的观察者在旁观着。

接受化疗的时候，每次护士都会和我确认我的名字以及出生年月日。为的是保证化疗过程不出错误。不单有负责此次化

疗的护士确认，为以防万一，其他护士也会和我确认。每每被问到，我就要反复报出我的名字和出生年月日。

“我是 1977 年 5 月 7 日出生的西加奈子。”

不断重复着自己的出生年月日和自己的名字，我感觉自身的存在也被逐渐拆散。咦？我是 1977 年 5 月 7 日出生的吗？我的名字，竟然叫西加奈子！在睡意强烈的化疗过程中，我有时会做一些奇妙的梦，在梦里，我逐渐分裂成了成百上千个我。

我，究竟在哪儿？

追溯这种分离的感觉，似乎可以回溯到当初被告知患癌，心中涌起“怎么会是我？”的感受上。罹患第二期乳腺浸润性导管癌的是“我”。可是在我心里，恐怕始终都不愿承认这一点吧。只要没开始接受治疗，我就可以一直坚信“这种事不可能发生在我身上”了。或许是恐惧导致了我的人格分离。所以，我才会对那个有强烈的想要活下去的愿望，又打从心底里畏惧死亡的“西加奈子”保持一定的距离，远远观望。

接下来就要接受手术了，西加奈子要失去双乳（或许还会失去一些淋巴组织）。然后她做完手术当天就回家。哎呀，听上去好艰难！这个西加奈子，她还好吗？我如此想。而就在假寐和读书中，加奈子的手术时间也越来越近了。

11 点半的时候，一位名叫詹妮弗的医生来了。

“我们是加奈子的麻醉组成员哦。”

她旁边站着实习医生希林。两个人都是笑眯眯的，看上去很放松。怎么看都不像是马上要负责一台大型手术的样子。希林对麻醉过程做了说明，随后詹妮弗问我：

“吃过泰诺了吗？”

并没有任何人告诉我要吃这个，而且我把术前的说明小册子反反复复读了很多遍，上面也根本没写这些。

“没吃欸。”

“欸？为什么？去麻醉之前 30 分钟就要吃的哦。”

詹妮弗一脸困惑。只要是关于西加奈子的，无论多么小的细节，我都不希望大夫露出这种困惑的表情。

“嗯，没有人告诉我要吃泰诺。”

我的心脏开始打鼓。詹妮弗喊来了护士。护士塔提亚性格非常开朗，她在手术门诊那边忙活，缓解了各色病人的紧张情绪。我去厕所的时候，她还很关切地抱住我的肩膀问：“亲爱的，你冷不冷？我给你拿条毯子吧？”

“她说她没吃泰诺。”

“欸？”

塔提亚紧盯着我。

“不对，我给你吃过的呀。”

我被她的回答吓了一跳，急忙大声反驳。

“不，我没吃过！”

塔提亚睁圆了眼睛又问：

“欸？你吃了的啊！博尼塔！”

那一瞬间，我脑中响起了一阵旋律。那是 A Tribe Called Quest 的 *Bonita Applebum*：

> Bonita Applebum，you gotta put me on.（选我吧。）
>
> Bonita Applebum，I said you gotta put me on.（喂，快选我啊。）
>
> Bonita Applebum, you gotta put me on.（选我吧。）
>
> Bonita, Bonita, Bonita.

那是我非常喜欢的一首歌，我对 Q-Tip 那种柔美淫靡感的声音欲罢不能（顺带一提，这首歌里的博尼塔有着 38 英寸即约 97 厘米的胸部）。

“你，你不是博尼塔吗？”

“我不是博尼塔。”

说出这句话，我忍不住有些想笑。我实在想不到自己此生竟然还会说出这么一句话。此时此刻，我脑子里还在自动播放

着那首曲子，然后我说：

“我是西加奈子。”

话音落了，世界顿时安静了。

“我是出生于1977年5月7日的，西加奈子。”

在那一瞬间，“我”成了“我自己”。那个远观的我，扎根在了我的身体里，原本双重的凝视，合二为一。那一刻，我无比强烈地感受到了：我就是我。我是西加奈子。我患上了第二期乳腺浸润性导管癌，我熬过了化疗，我还得了新冠。现在，我仍旧因为癌症，要割掉两侧的乳房（并且当天手术当天回家！），没错，这些都是我。

我，就是我。

所以，我要感谢塔提亚。她以一种出乎意料的方式，将我还给了我。

随后，詹妮弗和希林悄声交流了些什么。紧接着两人重整态势对我说：

“加奈子！那我们走吧！”

不，怎么走哇！我心想。

“哎呀，吃泰诺也就是个以防万一。要是没吃，那咱也有不吃的办法……”

她的回答有点支支吾吾的。不对啊，刚才不是还说了“必

须吃”的吗？我心里堵了好多的话想说，而且，我想大声吐槽，这种想法强烈极了。而且就是现在，我不能用英语。我要用关西话，不管不顾地、尽情地吐槽。看来，我是真的回归我自身了。

而这个朴素的愿望，最终在麻醉室得以实现。麻醉小组在我的床边准备时，塔提亚跑了过来，念叨着：

“加奈子，加奈子，这回不会搞错了，加奈子——”

她一边念，一边在我的嘴巴里塞了三颗大红色的泰诺。那药粒大得吓人，可是给我拿的杯子里却只有浅浅一小盅的水量。

“这哪够喝！”

我使出全身的力气，用日语，而且是关西话大嚷道。

“而且也太慢了！”

塔提亚问了句：“你说什么？”但她看到我在笑，于是也笑了。我好不容易才把那几大粒药片吞下去，她望着我说：

“祝你好运！加奈子！”

我笑得停不下来。我感觉自己的膈都在抖，腹肌笑得好痛。

“怎么啦，加奈子？”

我的笑传染了整个麻醉小组。大家都不明白我为什么笑，

但也忍不住跟着一起笑了。在笑声中，严肃的手术准备也在继续。他们是专业的医疗人员啊。我则是一边爆笑着，一边接受“超绝剧痛”（我在日记里又用了这个词，因为泰诺还没起药效呢！喂，塔提亚！！）的麻醉注射，然后又在爆笑中被推去了手术室。

Bonita Applebum，**选我吧。**

Bonita Applebum，**喂，快选我啊。**

Bonita Applebum，**选我吧。**

Bonita ，Bonita，Bonita.

醒过来时，我下意识开始寻找马莱卡。

在意识突然切断前，我还记得自己光着身子躺在手术台上，她们正低头看着我。

“OK，加奈子，我们开始吧！”

马莱卡开始对其他医生及护士下达指令。大概就是类似接下来要做的是切除两侧乳房的手术，淋巴也要这样那样一类的吧。不过，看着她的模样，我总觉得她不太像是马上要施行手术的医生，反倒更像厨房里“挥斥方遒”的厨师。而且不是做法餐或意大利菜的主厨，而是日本居酒屋里的厨子。

"炙烤沙丁鱼一份！蟹味噌可乐饼一份！扇贝小锅什锦饭要等客人把前菜用完再上！"

类似这种感觉。孤独高傲的料理人，马莱卡。

而这就是我失去意识前最后想到的事情了。

好像一转眼我就醒了过来。速度快到感觉也就迷瞪了几分钟的样子，从我醒过来，到我意识到"手术做完了"，还花了点时间。可一旦意识到手术已经结束，我突然就陷入恐慌。我无法呼吸！无论怎么用力，肺里也只能吸进很少的一点空气。我急忙大喊：

"救命！"

我旁边的护士把手搭在我肩上说：

"加奈子，没事的。血氧计显示一切正常。"

怎么又提那玩意儿！我心想。和新冠的时候一样啊。只要血氧计还在正常运转，就意味着我摄入了充足的氧气。而我此时此刻的痛苦，就只是因为我自己情绪恐慌而已。

"没事的。"

我一把抓住了对我如此反复强调的护士的胳膊，眼眶里满含泪水。而就在这时，我的意识再度飘远了。

等我再度醒转过来，还是刚才的那名护士在望着我。而我仍旧抓着她的胳膊。看样子我失去意识的时间仅有几分钟，甚

至可能仅有几秒钟。

“加奈子看上去状态不错，那咱们就转回病房喽。”

不不不，怎么就状态不错了啊！

看来我今天光是吐槽也够忙活了。

我休息的地方名字叫术后观察室，和外科门诊相连。

护士们虽然都很温柔，但看上去很想把我赶紧推走。可能是手术有点“塞车”了吧。我看了一眼表，现在已经过了 17 点，原来如此啊，我的手术本来预计 15 点就结束的，时间大大推后了。

不不不，话说回来，那个计划表根本行不通啊！

没办法，我只好同意了她们，回到了门诊。我待的这个地方和早上等待手术的区域还不一样。我真想就这么再睡一觉，睡一觉，至少，让我住一晚上院吧。

可是一回到门诊，很快就有另外的护士迎上来问：

“加奈子，感觉怎么样？能走了吗？”

不不不，绝不可能！

她看上去似乎也等不及想让我赶快恢复状态。

“看你状态不错，那我给你讲解一下引流管的用法吧。”

你看我哪儿状态不错了？

因为身体无法动弹，所以我也感觉不到，但其实我的身体

现在应该还连着引流管。而且，我的胸部应该已经没了。虽然不觉得疼，但总感觉胸部这一片都有点发紧。

“我想稍微再歇会儿，行吗？”

听我这么说，她回答了一句：“当然可以喽。”就走了。相当随意。于是我再次意识到，我其实不用勉强自己，如果做不到，直说就好了。

真由子在生小花的时候，护士也说了只能待一晚就出院。于是真由子哭着央求道：

“求求了，让我再住一晚吧。我们两口子都是移民过来的，父母亲人都不在身边，只有我们俩照顾小孩。”

护士同意了她的请求，于是真由子高高兴兴带着小花住了两晚。

我正躺在床上迷糊着，只见马莱卡从帘子背后突然探头进来。

“啊，你醒着呀！”

她说。只见她穿着自己的私服，还背着双肩包，浑身写满了“想立刻下班走人”几个字。

“加奈子，手术很顺利哦！”

眼看她要扔下一句“拜拜喽”就走人，我慌忙喊住她。

“马莱卡！”

“咋了？”

她保持着正欲离开的动作，扭过头问我。

“那个，有切除淋巴结吗？”

“哦，有的，切了三个。”

“三个。”

“拜拜喽！”

不不不，什么“拜拜”啊？不能“拜拜”好吗！

可是，马莱卡这回是真的走了。

取了三个淋巴结，这就意味着……确实有转移？还是说，只是为了预防所以才切除的呢？最终我也没问出个所以然。可是，我的意识现在已经模糊了，根本无法运转。

到了 17 点半，刚才那个护士又回来了。可能是有点等不及了吧。她说自己叫卢谢尔。

“加奈子，你应该恢复得差不多了吧？试试坐起来吧？”

我努力做好心理建设，战战兢兢地抬起身体。伸手抓床，腋下会一阵抽搐。胸部横向的位置也开始丝丝拉拉地疼起来了。手术服的两侧探出了两根引流管。我在 zoom 上已经了解了相关知识，不过卢谢尔又为我讲解了一遍引流管的用法。

引流管的前端有一个圆形的排放袋，此时此刻，这个袋子里已经积攒了一部分血液。我需要自己去测量袋中液体的

量，再做好记录。卢谢尔将最开始排出来的液体用小纸杯盛了出来。随后，为了不让血液逆流，要将排放袋捏扁，再合上盖子。

“很简单吧。”

这是重点吗?！

可是，比起自己给自己注射非格司亭，这个的确更简单。只是因为管子连着身体，所以有点可怕而已。其实一点都不会疼。

“那你差不多该喊人来接你喽。”

不不不，你们究竟有多想赶客啊！

“我觉得加奈子你已经没问题了。”

我又是心一横，从床上走了下来。的确，我能很普通地站着。虽然头有点晕，但我还能自己打理一下自己。脱下手术服的时候必须抬起胳膊，说实话我很怕这个，但实际尝试了一下，我发现除了那种丝丝拉拉的慢性疼痛之外，这个动作并未带来什么新的疼痛感。

我的胸部被紧紧缠了好多圈纱布。即便是隔着纱布我也看得出，我已经没有胸部了。引流管从纱布边缘探出了头，而且是从两边腋下。我不由得“哦！”地叫出声。

虽然能穿前开式的睡衣，但是引流管太长了，很碍事。

我和卢谢尔反映，她帮我把引流管捋好，用别针固定在了衣服上。

“小心别钩到管子哦。”

的确，要是管子被钩到了会发生什么事呢？想想就感觉好可怕。虽然不至于直接拔出来，但伤口被拉扯，一定很痛的。

管子变短了，所以现在变成有两个圆圆的引流管从睡衣下摆挂了出来。不知为何，我想起了信乐烧里的狸貉的那对睾丸。眼下，这两个袋子里又攒了一些新鲜血液。

卢谢尔说：

“穿好衣服了吗？那去等待室等一下吧。”

不不不，就非得让我在那儿坐着等是吗?!

无奈，我只好穿上外套，戴上毛线帽，又围上了围巾。等待室特别冷。今天早上我还和真由子在那儿相拥，而现在，已经没有胸部的我，正飘飘忽忽地独自坐着。这算怎么回事儿啊？我心想。不过，我姑且还是活下来了。接下来，我暂时又能继续做 S 的妈妈了。

我请典子来接我。护士早早地就打电话联系了她。典子已经联系了我丈夫。我丈夫也已经联系了我们两边的父母。

朋友听说我做完手术就出院，个个都很吃惊。我在有阿龙、智惠、沙也加他们的那个 LINE 群里把详细的安排都说了

一遍。

“当天就回家也太辛苦了！”

“很严峻啊！这个安排！我都说不出‘那你好好休息哦’这句话了！”

“这还让人怎么歇啊！！”

我还拍了一张引流管从衣服下摆飞出来的照片，发给了大家。

“护士说：‘回家路上可以顺道去药局拿个止痛片哟。’”

“都说了这不行的啊！”

“你现在这样子去药局，简直能写成段子了啊！”

“加上‘您看我像是来取药的吗？’的吐槽！”

我看着大家发的消息，真心觉得有他们在太好了。我独自坐在等待室，身体飘飘忽忽，却在出声地笑着。

典子来了，看到我的样子，她当场问前台的护士：

“为什么让加奈子坐着啊！”

她可能没想到我竟然是坐着在等她，吓了一跳。

“典子——”

我说着冲她摇了一下手。

“我知道你在那儿啦，可是，你为什么是坐着的啊！”

典子又重复了一遍自己的疑惑。看来，即便是在加拿大

久居的典子，也很难接受院方对我的安排。可是，护士们一个个都还笑嘻嘻的。典子看上去似乎是放弃了再追究这件事，又问：

“是不是需要来接的人签个字一类的？”

于是那两个护士说：

“哎呀，不用的。你不是加奈子的好朋友吗？”

说完就又笑了。虽然典子是千叶县出身，不过这时候真该用关西话吐槽一句。

放松过头了吧！

“那有什么手术后的注意事项呢？”

典子的心思全在我身上。可护士实在是过度随意了。

“嗯……那暂时先别拎重物咯。”

“对对，刚才我帮加奈子拎了行李，她行李可重了！”

因为接受手术前还有一段时间，所以我带了柳德米拉·乌利茨卡娅的《绿帐篷》来读。这本书我从几天前就开始读了，就在我阅读书中那段发生在俄罗斯的抗争故事时，现实世界中，战火在乌克兰被点燃。当我的身体因罹患乳腺癌而失去平静之时，在乌克兰的大地上，有无数老百姓失去了生命。

佐雅很庆幸自己将勋章带出了家门。其实，

这些军功章并不是什么宝贝物件。后来，事态又在不断发展。将军被降级，被剥夺了勋章，被扔进了监狱，被诊断为精神失常。可佐雅很清楚，她的丈夫没有任何问题。精神失常的，是国家。

——柳德米拉·乌利茨卡娅《绿帐篷》

典子路过药房帮我取来了止痛药。看到药粒的瞬间，我不由得被它那巨大的尺寸震惊到了。“这是啥？蛾子的幼虫吗？”

我们到达药房的时间是 19 点，药房是 20 点关门。很多药房只开到 17 点，如果我没从麻醉中醒过来，就那么睡过了 20 点的话，我手术当天就只能在没有止痛的情况下度过了。

不过，一直到最后，这止痛药也没派上用场。

两腋虽然会有丝丝拉拉的慢性疼痛感，但没到忍不了的程度。第二天我就能出门散步了。虽然护士提醒我不可以拿重物，不过花束和甜甜圈应该没问题吧？所以我买了这两样东西。当然，引流管依然是从我两边腋下探出来的状态，不过我穿了大衣挡住它们。连着引流管的排放袋里面的血液也变得略泛橘色。

傍晚，法提玛来我家了。

温哥华这边的日托大多是在保育师自己的家里照顾孩子

（在法提玛之前，阿尼的日托班就是在她自己家里带孩子的）。法提玛的家有 100 年的历史了，还被列入了文化遗产。所以虽然屋内可以改装，但外观绝不能动。她的家距离我家有一个街区的距离，是一栋红砖瓦的漂亮房子，也是 S 的第二个家。

法提玛在 2008 年和丈夫阿历克斯一起从伊朗搬来了温哥华。我的出生地是在伊朗（虽然对德黑兰完全没印象了），但总感觉和她有些缘分。而且我们还是同岁。法提玛永远腰杆笔直，身穿干练的服装，抹着鲜艳的红色唇膏，头发是很漂亮的大波浪（因为真的太美了，我还问过她口红和衣服都是在哪儿买的）。作为保育师她也非常优秀，餐桌礼仪，如何换衣服，这些我不会教的细节，都是法提玛教给 S 的。

听说我患癌后，法提玛为我做过波斯料理，感恩节的时候还送过我烤鸡。还有她的孩子梅里诺和安吉恩穿过的衣服、玩过的玩具，她也攒了不少，都送给了 S。她帮了我很多，早已大大超越了一名保育师的工作范畴。

这天，她抱了一盆开着粉色花朵的蔷薇出现在了我家门口。

“恭喜你手术成功！”

她还带来了好多的椰枣，还有扁平状的那种类似馕一样的面包，以及用来涂抹面包的开心果酱。我给她泡了一杯路易波

士茶。S 和丈夫去公园玩儿了。我们两个人可以慢悠悠地聊会儿天，真的很开心。

去年除夕，法提玛的父亲去世了。

法提玛为父母办理了加拿大的签证，所以之前她的父母也在温哥华生活。2019 年的一天，她父亲突然感到腹痛。送去医院接受检查后才发现，是 36 年前做过的一次阑尾手术出现后遗症，导致了肠梗阻。可检查还不只发现了这些，她的父亲还查出了淋巴癌。应该已经患癌好几年了，只是她父亲并没有显露任何症状。

因为新冠导致免疫力降低，所以她的父亲无法立刻接受治疗。不过，他需要每 3 个月做一次全身检查，观察癌细胞的进程。整整 10 个月，他的情况都很好。最后一次全身检查结束后，医生表示：两个月后就可以接种新冠疫苗了，打完疫苗，就可以正式开始治疗。

可是，法提玛的父亲不想再等了。在温哥华生活开销实在太大了。他决定回伊朗，在伊朗接受治疗。

然而，回伊朗之后才发现，祖国的疫情要比加拿大严重。他迟迟得不到治疗，为了返回加拿大，他准备卖掉房产，但并不顺利。法提玛说要承担父亲的生活费，可却被父亲拒绝了。她也无法再勉强父亲。

最后的两个月，她的父亲是在痛苦中度过的。背部和腰部都被难以控制的疼痛侵蚀。12 月的第 3 周，他终于等来了化疗，可他的身体已经无法承受化疗带来的刺激，最终心脏病发作而亡。

聊到关于癌症的治疗，法提玛每次都会热情鼓励我。同时还会这样对我说：

“你这么早就开始治疗，很幸运的！绝对会康复的！”

说出这句话时，她的心里一定在想着她的父亲吧。

法提玛于 1977 年生于伊朗的伊斯法罕。她的父亲经营纺织品工厂，开了好几家厂子。她的母亲出生于德黑兰。法提玛还有 3 个姐妹，她在伊斯法罕生活了 20 年，随后考上了德黑兰大学。由此，全家人都搬去了德黑兰，她的父亲也在德黑兰开办了新工厂。

少女时代在伊朗度过，青春时代在德黑兰生活，这总让她有一种生活在“恐怖谷底”的感觉。

读高中时，她们必须身穿又黑又丑的制服。头发也都得遮挡起来。光是穿了白袜子就要被惩罚。和男孩子交朋友、聊天也是严令禁止的行为（不过大部分孩子都会瞒着父母这样做）。

大学里也一样不自由。穿长筒靴走在路上就有可能被警察抓住，扔进监狱。连化妆也被禁止。法提玛说，时至今日她还

会做噩梦，梦里自己穿了长筒靴，于是被关进了监狱。而且，每次看到警察，她都会有好几秒无法呼吸。

“刚来温哥华的时候，每次家里有人来访，我都会慌慌张张地遮住头发。因为实在无法相信这种自由是真实存在的呢。”

法提玛总是身穿干练的服装，涂着鲜艳的唇膏，留着一头丰盈的大波浪。她的这些选择，并不单纯是以“装扮”为目的，这也证明她做出了坦荡且崇高的抗争。说起来，万圣节那天晚上，我在路上偶遇了法提玛，发现她穿着一双非常漂亮的长筒靴。那双靴子简直太适合她了。

我于 1977 年出生于德黑兰。是在伊朗米希尔医院出生的，接生的护士很优秀，名叫奥斯多瓦。然而，伊朗发生革命，局势大变，我于 1979 年匆忙返回了日本。

当时美国政府立刻派专机接回了自己的国民。毕竟在霍梅尼看来，美国人都是“恶魔”。所以此次事件的确关乎性命。虽然其他国家没有美国的情况那么严峻，但当时只要是外国人，都会面临一定的危险。可日本政府却只给自己的海外国民发布了一个“各自随意吧”的通知。我父亲当时供职的公司，也只是告诉他：“你自己判断是否需要避难吧。”可日本人的性格就是，听到这种说法也没法真的去避难。尤其父亲是独自一人驻扎在德黑兰，他总觉得要负起责任，留下来坚持工作。于

是妈妈就带着哥哥还有我先回日本了。她领着 4 岁的哥哥和 1 岁半的我，在一片混乱之中离开坚守德黑兰的丈夫，跑回了日本。如今我也时常会思索，当时的母亲究竟是抱着什么样的心情熬过这一切的呢？

回程途经香港时，妈妈给我买了一只小狗玩偶。是哥哥对她说：

“加奈子在飞机里一直特别乖，妈妈给她买只狗狗玩具吧。”

但事实上，我在飞机上把供餐都打翻了，还逃离妈妈在飞机里到处溜达，虽然不至于上房揭瓦，但实在谈不上“乖”（反倒是哥哥很乖）。

这只玩偶我至今还保留着。这只狗狗长得有点像史努比，外形很朴素，耳朵也快掉下去了，肚子上那道缝线的位置也裂开了，棉花都跑了出来。我把这只狗狗带来了温哥华。因为是过境时购买的，所以 S 一直称它“过境汪汪”。

回国后，妈妈立刻赶赴父亲所属的公司，直接找到父亲的上司。

“光是让员工‘自己判断’，我丈夫怎么回来？德黑兰现在情况非常危急。请您立刻下达‘回国’的命令。”

最终，父亲接到了公司下达的“回国”命令，总算踏上归途。他当时乘坐的是最后一班民用飞机。自那之后，剩下的日

本国民都只能选择陆路交通向土耳其方向逃离。这一路上还有人惨遭强盗袭击。

1980 年，两伊战争爆发。数千发炮弹降落在德黑兰的土地之上，无数民众丧生。我们却只能在新闻上眼睁睁看着战争继续。伊朗发生了巨大的变化，但当时的我，从没想过在独裁和战争之下，还如履薄冰般地生活着无数的少女。当时，法提玛就在其中。这个和我同岁的女性，当时就和她的家人们，在战火纷飞的世界度过一个个恐怖的长夜。

听法提玛说，她母亲在丈夫去世后依然决定留在伊朗。无论经历过多少恐惧，那儿是她的祖国。于是，法提玛母亲的加拿大永住权也随之失效了。

加拿大的永住权在取得后也必须更新。以 5 年为期，每 5 年需要更新一次。大家都说，那张能够证明已取得加拿大永住权的 PR 卡要越早更新越好。因为移民局的态度会随着政治情况的变化而变。所以有时候等来等去都迟迟不发卡。而且加拿大还会接收来自各个国家的难民，签证业务往往就只能推后。

例如，和史蒂文结婚的知代，在拿到临时 PR 卡之后，就暂时返回了好久没回去的日本。她估计在回国的这段时间，正式的 PR 卡应该就办下来了，所以还计划好了让丈夫收到后帮她寄去日本。结果等来等去都等不到正式卡片，知代就只能不

断延长暂留日本的时间（智绘里也因为同样的理由，在日本多逗留了 6 个星期）。我没有这方面的经验，当时还在想：申个旅游签回加拿大不行吗？这样不就能在加拿大待着等 PR 卡了吗？但事实上是不允许这么做的。

延长留日时间对知代来说倒是蛮开心的。但史蒂文本来要回趟老家，知代得在史蒂文回老家前先回加拿大才行。因为他们养了一只名叫小圆的猫咪，不能把猫咪独自扔在家里。说到底，根本没人知道这个 PR 卡究竟什么时候能办下来（联系移民局，对方也只会说“正在处理”，但“何时处理完”就完全不知道了），搞得人相当纠结。于是知代决定拿旅行证件当作入境证明，取代 PR 卡。但是要拿到这个旅行证件，就必须把自己的护照寄去位于菲律宾的加拿大大使馆。如果这样也赶不及的话，就只能选择从西雅图走陆路交通去温哥华（陆路入境的话似乎就不需要 PR 卡了，但是也搞不清楚究竟需不需要）。

最终她还是成功办下了旅行证件，回到了加拿大，也顺利拿到了 PR 卡。但类似知代遭遇的这种移民局和政府办事效率低下的情况，我其实多有耳闻。尤其是最近新冠疫情的影响，情况更恶劣了。

不单是永住权，就连取得了市民权的移民们，他们的护照申办速度也变慢了很多，这种情况甚至都上了新闻。拿不到护

照，可就不是牵连 PR 卡发放的问题了。没有护照干脆出不了国。我还在新闻上看到有一名印度女性在接受采访的时候，哭着对镜头说："我无法回到祖国看望躺在病床上的母亲。"

就算拿到了 PR 卡，也不意味着就万事大吉了。首先，五年里必须有两年以上的时间住在加拿大。法提玛担心母亲的永住权被取消，所以好几次喊她从伊朗返回温哥华。但母亲的态度始终摇摆不定。最终，她逗留温哥华的时间没有满足申请所需的必要时长，难得拿到的永住权就直接失效了。

法提玛在这件事上非常想得开。

"当然我也是尽了最大的努力啦。但她本人就是想留在伊朗，那也没办法嘛。"

在日本的时候，我并不需要为了"住在这个国家"做出多大的努力。甚至搬家的时候要转一下居住地档案，我都觉得麻烦。可是，为了实现"想住在这个地方"这样一个简单的愿望，我们有时候甚至需要准备大量的资料，还要通过测试，并且接受一些基准并不透明的审查。

对加拿大来说，我属于"外来者"。我只是一个暂时住在这儿的外国人。就算长期暂住签证到期，我还可以更新成一个半年的旅游签证。可是，这么一来，我就无法拿到公共医疗保险的 MSP，驾照也无法更新。这个地方会收回它此前给我的

各种恩惠。

如果说会有这种“收回”也是自然，那倒也没错。可是对始终把“能在自己想留下的地方安稳地生活”当成理所当然的我来说，注意到这一点本身就很重要。与此同时，这也是我意识到自己有多“无知”，自己曾“享有特权”的瞬间。

例如，我此前其实都没有细究过我是“日本人”这件事。但我曾听一个人说：

“亚洲是没有亚洲人的。”

听他这样讲，我突然意识到，其实这个说法也同样适用于日本人，日本是没有“日本人”的。至少我是到了温哥华，才第一次意识到自己是日本人的。不，不是第一次。我想起来了——

在我年幼时，我其实是有这方面的意识的。当年在埃及时，我虽然还不会说话，但我感觉得到自己不是这个国家的人，是个外来者。回到日本之后，我在一段时间里依然觉得自己是个外来者。我无法融入日本的学校，没法和大家吃一样的东西。每到午餐时间就抑郁得不得了。不过，不知从何时起我开始逐渐习惯，适应，转瞬就成了大多数。抛弃自己“外来者”的属性去接近大家，去融入集体之中，这会让我更加轻松。与此同时，我也忘记了他人的“外来者”属性，忘记了少数派的

存在。我认为一切都是那么“理所当然”，并且开始在“普通”之中安顿了下来。长久地活在这种“理所当然”之中，我已经很久——真的很久很久，没有考虑过那些为了要留在“这里”而拼命挣扎的人，那些最终无法如愿，或不被允许留下来的，在痛苦中煎熬的人了。

2021 年 3 月，名古屋出入国在留管理局收容所内，一位名叫威诗玛·桑德马利的女性死亡。她原本是从斯里兰卡过来日本留学的，并且在日本拿到了在留资格。然而，因为屡屡遭受同居男性的暴力对待，她反复缺课，于是遭受了开除学籍的处分，从而成了非法滞留人员。为了逃离家暴，她跑去派出所寻求帮助，可派出所的警察们却将她视作非法滞留，投入管理局收容所。在收容所的恶劣环境下，威诗玛反复表示自己身体情况很差，却始终未能得到合理医治，最终殒命。

一个人想要留在“这里”的愿望遭受如此践踏，这并不单纯是制度的问题。就算拿到了所需资料，通过了所需审查，但如果我们无法对这个人的存在本身抱有足够的尊敬，那这个人的存在就是无比脆弱的。导致威诗玛死亡的既是制度，也是我们彻底丧失了尊敬的态度。LGBTQIA+ 人群的高自杀率，对

无家可归者投来的歧视目光，对那些不得不使用药物的人的排挤，以及许许多多残酷事件的原因，几乎都来自同一个地方，那就是我们的心。生活在温哥华，其实就是和各种各样的“外来者”生活在一起。这些外来者来自各种地方，有着各种生活背景。其中有些人甚至在自己的祖国是不被允许存在的。如果一个人生活在一个地方，但无法做自己，无法按照自己的意愿去生活，那这个地方真的可以被称为“国家”吗？

法提玛和我同年出生，并且短暂地生活在同一片土地上。如今，作为“外来者”，我们又在这里相聚。

“我不希望我的孩子，尤其是我的女儿遭遇我当年的经历。为了她们，我什么都愿意做。”

她送我的那盆蔷薇，盛开着动人的花朵，美丽而又强大。这花儿，简直就是法提玛的化身。

读者们，请想象一下我们的模样吧。否则的话，我们就将不复存在。请想象一下，抵抗岁月和政治的暴虐，有时连我们自己都不敢去想的、我们的模样吧。想象一下最私密、最隐蔽的那个瞬间，身处人生中最平凡时刻的我们吧。想象一下聆听音乐，坠入爱河，走在林荫道上的我们吧。

想象一下在德黑兰阅读《洛丽塔》的我们吧。最后，请想象一下被剥夺了一切，被驱逐到地下的我们吧，想象一下吧。

——阿扎尔·纳菲西《在德黑兰读〈洛丽塔〉》

我从第二天起就开始锻炼了。上下左右活动头部，肩膀提上去放下来。胳膊向前方伸展，这些都是医院建议在术后翌日开始进行的运动。我又在这些动作中加入了一个不会用到胳膊的深蹲动作。虽然胸口和腋下都很痛，但也没痛到要吃止痛片的程度。引流管排出的体液也没有想象中那么多。

术后两天，我按医生的指示去了本地区的医疗中心。那边的护士会帮我替换纱布。我也是在医疗中心，第一次看到了自己的手术痕迹。

原本是两个乳房的位置，如今变成了两条红色的线。线笔直笔直，好似用尺子比对着画出来的一样。

“真漂亮！”

护士说。我也是这么想的。这两道痕迹真的很美。马莱卡的技术的确精湛。我也早早地就爱上了自己这副新的身体。

那天换完纱布，我就直接和典子全家人去了一家名叫 Sula 的印度餐馆吃了午饭。第二天，我又和科尼一起去了我

最爱的那家名叫 Fable 的餐馆，吃了汉堡和炸薯条。

做完手术一个星期后，我拔掉了左胸的引流管。

因为排出的体液已经低于 30 毫升了，所以就可以拔掉了。但我那天却忘记了给液体做记录。所以就只拔掉了能确定不足 30 毫升积液的左胸引流管（结果回家之后看了一下右胸，排出的体液也只有 20 毫升左右了）。

护士一扯引流管，我就有一种左胸被狠狠拉拽的感觉。皮肤也有很强烈的拉扯感。虽然没有疼得忍不了，但我感觉自己皮肤好像要被撕裂了，这种感觉很可怕。

“怎么这么硬……好奇怪。”

护士嘴上这么说，手上依然不留情。她猛地用力一拉，管子被拔出来的瞬间，血沫飞溅。我们俩同时被溅了一脸的血。她先是被吓了一跳，随后不知为何大笑了起来。

“哇！我还是头一次遇到这种情况！”

从我左胸扯出来的那截管子的前端有差不多电子体温计那么大。上面开了无数个洞，这个设计就是用来吸走体液的。我简直不敢相信，这么大的东西就埋在我的皮肤里。而且，还在毫无麻醉的情况下被拔了出来。我就这样左胸开着洞，流着血，愣在了原地。

“你按一下伤口，等我一下。我去洗把脸就回来！”

护士说完，把手里的纱布塞给了我，然后拉开帘子走了。我被独自留下，还能听到她在外头和其他护士说：“快看我的脸！”听到她那欢快的声音，感觉她说不定会给自己的脸拍张照，说不定，还会传到 Instagram 上呢。多亏了她，我也很快反应了过来，独自笑了。

翌日，右边的引流管也取下来了。我因为害怕而惴惴不安，但护士阿谢丽说：

“我很熟悉这个工作，放心交给我吧。”

她的确很熟悉，拔掉引流管的时候，我也没感觉像拔左边管子时那么疼痛可怕了。她在途中数次暂停下来，让我做好深呼吸。

“准备好了吗？那我拔管子了哦！吸气，呼气！”

就这样，我右侧胸口的引流管也被拔了下来。它前端的大小竟然是左侧的两倍，就连阿谢丽都惊呆了。

“怎么会这么大？”

阿谢丽旁边是实习医生纳迪。据说这也是她第一次跟现场。

我自豪地向纳迪展示自己的伤痕。

“漂亮不？”

纳迪和我都兴奋极了。

“嗯，超级漂亮！”

我为自己的成绩感到自豪，回家的路上，我还给自己买了一对小小的耳环。如果放在平时，我应该只会顺路去一下咖啡店买杯拿铁的。可当我乘兴随意进了一家店，我一眼就看到了法蒂玛之手和荷鲁斯之眼的耳环。看到那对耳环的一瞬间，我就确定自己需要它们。从此以后，这一对埃及守护神的象征一定会保佑我的。它们的存在也一定会时刻提醒我，我的身体曾经被打开了两个大洞，而且，我浴血打赢了战斗。

挡路的都滚开
光是活着已经非常了不起。
那些毒药都不需要，
无聊的骄傲一边去。
来写一本全新的《圣经》，
塞进模板令人无法呼吸。
——Zoomgals《只是活着就算状态异常》

我和克里斯蒂娜在家附近的咖啡馆吃了顿午饭。

克里斯蒂娜在不列颠哥伦比亚大学工作，做的是前近代日本文学和文化的研究工作。她是个很受学生们欢迎的教授，同时，她也是很爱为他人奔走、积极热心的好人。

我来温哥华后认识的第一个加拿大人就是她。抵达温哥华两周后的那个圣诞节，她邀请我们去她家里过了圣诞夜。当时克里斯蒂娜还在认真学习保育的知识，她真的很擅长和小宝宝玩儿（S见到她没多一会儿就已经扑到人家的后背上了）。她的家里还摆着一只可爱的玩具。那是她小时候妈妈为她做的玩偶。玩偶身上破损的地方都被认真补好，看得出她非常珍爱这个玩偶。

我还和克里斯蒂娜的朋友，同为建筑学系教授的玛丽以及她的丈夫麦克，他们的女儿阿丽达，还有作家比尔，插画家比尔，一大群人一起去史丹利公园赏过花。克里斯蒂娜说："咱们搞一个和风赏花会吧！"于是带来了日本酒和野餐垫。我们一边吃着从日本超市买来的寿司和金平牛蒡，还有煮南瓜、大福饼，一边被克里斯蒂娜和比尔他们的对话逗得前仰后合。多亏有她，我在温哥华的暂住生活非常丰富多彩（接受化疗时我戴着的那顶毛线帽，也是克里斯蒂娜的弟弟朱利安为我织的）。

克里斯蒂娜到得比我略晚。那一天，她和唯一一名参加"和乌克兰站在一起"示威活动的学生一起站在校园里，随后才赶来找我的。

我把自己两侧乳房全都摘除的事，还有看到手术伤口后对伤痕特别喜欢的事，都告诉了她。

“我在想啊，我要是现在在 Instagram 上发一个上半身赤裸的照片，不知道会如何呢？”

当然，我这是在开玩笑。我并没有 Instagram 的账号，而且也看不到别人发的 ins。不过，我之前听说麦当娜把稍微露了点乳头的照片发上了 ins，结果被删除了。

“反正也没乳头了，应该不会被审查了吧。不过，女性的裸体不知道能行不？”

听我这么说，克里斯蒂娜笑着回答：

“还真是，那你完全可以试试看啦。”

“我最近读到一篇文章，说日本的年轻人因为一直戴口罩，所以现在要在人前脱口罩，他们会觉得很羞耻。迄今为止一直都是稀松平常地展示出来的东西，如果一直藏着掖着，就会开始觉得羞耻了。我觉得乳头也一样呢。因为一直挡着，所以一旦露出来就会令人觉得羞耻，但是如果一直露着，那应该就不会羞耻了吧。”

我说道：

“在不同的时代和地区，有些人还会耻于把自己的头发露出来，或者耻于摘下帽子呢。”

克里斯蒂娜对我的说法表示赞同。

时代和文化的变迁，可能会引发各种事态的变化。可是，迄今为止，“美”的基准好像一直都在遵循某种规定，并无多少变化。我已经很久没听过 body positive[1], body neutral[2] 一类的词了。而且只要我还住在温哥华，那么就像前文提到的那样，我其实很少看到一些会“威胁”我们身体的、煽动性很强的广告。即便如此，女性，尤其是日本女性，仍然会照着各种标准的“美”去要求自己，去努力追求。

我很喜欢日本的杂志，来了温哥华之后，我依然会时不时地上网看看。当然，我常看的主要是面向 40 来岁女性的杂志，但每次我都忍不住会注意到类似“错误搭配”“显老”“显嫩”“扮嫩失败”一类的词。

40 来岁，有 40 来岁应该有的“合适的”穿搭和发型。绝不能显出老态。

也就是说，40 来岁的人不能打扮得“显老”，得要追求“显嫩”才行。不过，也不能不考虑年龄就去尝试自己喜欢的

---

1 body positive（body positivity）：身体积极主义，主张无论自己的身体形态、肤色、性别或能力如何，都积极热爱自己的身体。

2 body neutral（body neutrality）：身体中立主义，主张优先考虑身体的功能，而不是外观。我们不需要喜欢或讨厌身体，我们可以保持中立。

衣服或者发型，这样很危险。因为这么做很有可能会变成“扮嫩失败的大妈”。

我都已经辛辛苦苦活到 40 来岁了，差不多也该让我穿点儿自己喜欢的衣服了吧，我是这么想的，实际也是这么做的。我脚蹬一双匡威，露着上臂，还穿过后背开了一大块的衣服，以及长度遮不住肚子的 T 恤。不过，我有时候会想，可能因为自己人在温哥华，所以才能这么穿吧。

比如玛丽，她的穿搭一直都特别棒。她是日意混血，比我稍微年长一些。她这个年龄如果在日本，大概就是需要在意自己的搭配是否“显老”或者“显嫩”的年纪了。可她依然选择大胆露出双腿的裙子，头发也染成了很漂亮的金色，而且非常爱穿各种彩色的袜子（说起来，我在这边还从没见任何一个朋友穿过那种像煞有介事的长筒丝袜）。而且，她的所有选择都惊人地合适。

面对自己年龄的增长，玛丽也从不感到惧怕，每每谈起，话语里总是带着幽默。

“我不来月经的时候啊，心里还琢磨，我究竟是怀孕了，还是绝经了？究竟哪种？”

笑着说出这些的玛丽，自信得仿佛在闪光。见到玛丽，和她拥抱过后，我的自我肯定感就会不断上升。我原本就喜欢自

己，不，应该说是非常喜欢自己。即便如此，有玛丽在，我还能更进一步，产生一种我只要做我自己，就会被整个世界祝福的感受。或许是玛丽的这种开心享受做自己的能力也传染给了我吧。当然，只要全力去做自己，就不存在什么“错误”。

话又说回来，时尚这东西，怎么会有错误呢？当然，在红白喜事一类的场景下的确需要有场合概念。可是，时尚是不会伤害任何人的，仅仅为自己的幸福考虑的东西，它怎么会存在“绝不可以”的选项呢？

杂志里还会出现一个我很在意的表现，叫作“看起来如何”。它着重强调的不是我们自己怎么想，而是别人怎么看。不是有“看上去很贵”一类的词吗？就算是用很低的价格买回来的衣服和包包，也要想办法让别人觉得“看上去很贵”，这一点似乎特别重要。

记得以前朋友曾经告诉过我一个杂志上刊登的超惊人的特辑标题。

“吓飞我了！那个标题竟然叫‘看上去很幸福’！”

我也吃惊极了，险些惊掉眼镜。如果是“想变得很幸福”也就罢了，毕竟这是个比较发挥主观能动性的愿望。可是想让自己“看上去很幸福”，这里面可以说根本不包含个人意志了，就单纯只是想打造“自己在别人眼里是什么样子”的人设。可

是在我看来，比起“看上去很幸福”但实际很不幸的人，还是“看上去好像很不幸福”但其实很幸福的人要好得多了。

面对切除了两侧乳房，并且决定不做再建手术的我，有好几个人都说过：“加奈子，你好勇敢。”我从不觉得自己很勇敢。因为下这个决心并不需要多大的魄力（多亏了伊斯梅拉尔达）。看到自己伤口的时候，我打从心底里觉得“好酷，太酷了”。

说不定我在别人眼中就是一个“很可怜的女人”。可是，我是真心为自己的身体感到骄傲。这可能是我一生中最最喜欢自己身体的时刻了。

其实，我之前一直对自己贫瘠的胸部感到自卑。

电视和杂志上都在宣扬大胸更美，而与此同时，胸比较小的女性，就必须既要胸小，身体也得瘦得像小树杈才行。

“我喜欢胸小的女生哦。”

我也遇到过几个会这么说的男性。但他们在这么说的时候，往往带着些自我夸耀的成分（你看，我和其他男人不一样对吧？）。其中还有人会很露骨地说：

“因为胸部小的那种女生很容易害羞不是吗？我就喜欢那种。”

也就是说，在他们心里，胸部小的女生，就必须为自己的胸部感到羞耻。

再年轻一些的时候，我还烦恼过乳头的颜色。在我们那一代人十几二十岁的年代，不知为何流行起了“乳头颜色深的人在性方面很奔放”的说法。当然，从医学角度来说，这说法毫无根据，完全是错误信息。可是，一些女性杂志却大肆刊登一些强调“处女”和“粉红色”字眼的“乳头漂白霜”广告，电视节目还会揶揄乳头被讽刺是“黑成葡萄干”的女搞笑艺人。

如今想来，就算是性方面很奔放，那又如何？再说了，葡萄干不可爱吗？处女和粉红色也是八竿子打不着好吗？再说了，用胸部大小来评价女性的价值，这本身就很荒谬。

随着年龄增长，我的这种想法也愈来愈强烈。但想要摆脱自己身体遭受的长年累月的诅咒，还是相当困难的。也就是说，我心底的某处依然对胸部怀有一定的自卑。可是，如今当我已经彻底失去了胸部，我开始对已经离开我身体的这对乳房产生一种难以言喻的喜爱之情。“看上去如何”什么的，根本不重要。大小、形状、乳头的颜色，根本不重要。我的胸部真的、真的很棒。虽然它们已经成了医疗废弃物，被处理掉了，但我打从心底里想对我的胸部、我的乳头道歉，同时，也想道谢。

那么，如今我胸膛平坦，酷得无以复加。而且，即便平坦，即便没了乳头，我依然是个女人。

前文也曾提到过，我携带了BRCA2变异基因。为了预防癌症，未来我还会切除卵巢（因为化疗的关系，我已经停经了），而且，听遗传学的大夫说，以后可能连子宫也要摘掉。

乳房、卵巢、子宫……生物学上属于女性特征的脏器一一摘除，即便如此（顺带一提，我现在还剃了个寸头），我依然是女人。为什么呢？因为，我就是这么想的。我就是认为自己是女人。我不需要由他人根据我的身体特征来评判我的性别，来评判我是谁。

只要我认为自己是女人，那我就是女人。如果我认为自己是男人，那我就是男人。如果我认为自己既非女人也非男人，那我就是非男非女。我就是我。和“看上去如何”无关。重要的是我自己对自己的看法。

我，就是我。我是女人，这真的太棒了。

3月10日

我见到了马莱卡。手术结果显示，我的癌症消失了。“这种情况可不多见哦！”她说。我高兴

得哭了起来。马莱卡拍拍哭泣的我的肩膀，说了声“再见喽”就离开了房间。她还是那么帅气啊。我给大家发了消息，随后独自去了咖啡馆。那家咖啡馆我早就想去了。因为距离医院很近。Le Marche St.George 比我想象的要狭小，但非常棒。我点了甜甜的可丽饼，还久违地在牛奶咖啡里加了足足的砂糖，祝福了自己。Cancer free（无癌）这个词，我在心里反复品味了许久。我已经摆脱癌症了！我还活着！

日本，
我的自由是什么

真希望这个故事就讲到这儿啊。如果这个故事的结尾就是在咖啡馆品尝可丽饼，该多好。那个瞬间，是我治疗癌症的旅程中的巅峰。头脑里回荡着美丽的乐音，舌尖的触感极致温柔，眼中所见都是那么生动亮丽。如果我是个小说家（事实上我确实是），就应该写到这里打住了吧。可是，现实之中的人生还在继续，我的治疗也还在继续。

虽然身体里已经没有癌细胞了，但我作为患有乳腺浸润性导管癌并携带变异基因的患者，依然要接受放射线治疗。时长为 3 周。除去周六、周日，整整 15 天我每天都要去医院做放疗。做放疗的翁医生穿着一条熨烫得超级服帖板正的红色裤子。从触碰我伤口时的动作，还有询问我身体情况时的语气，都能感觉到她是一个非常值得信赖的好医生。能遇到她这么优秀的医生（罗纳尔多医生、马莱卡医生、翁医生）真是我的好运气。说起来，罗纳尔多医生的第一个孩子出生了，所以他请

了 8 个月的育儿假。

“恭喜呀！”

我祝贺道。于是他也高兴地笑了，还对我说：“能见证加奈子你彻底摆脱癌症，我也为你感到高兴！”虽然医疗从业者极度短缺，但保证一个能让医生也得到良好休息的体制，同样非常重要。

我事先和翁医生打过了招呼，在开始放疗前回了一趟日本。自从来到温哥华，这两年零数个月间我从未回过日本。当时刚刚抵达温哥华疫情就开始了，航班的管制越来越严。有时候严格到令我忧心忡忡，感觉日本好像马上就要彻底闭关锁国了。

如果 PCR 检测结果为阴性，那么回到日本后的那 7 天隔离（此前是隔离 2 周）就可以免除了。但什么时候规定又会变严格，谁也不知道。我和丈夫讨论过后，慌里慌张地订了机票。我说什么都想回去看看我的父母，还有担心我的朋友们。

我计划回国待 3 周。问题是阿站怎么办？他虽然已经彻底恢复了健康，但不可能整整 3 周放他独自在家。如果是时长一周的旅行，那么拜托猫咪保姆，或者住在附近的朋友来家里照顾一下他还是可行的。可是 3 周的时长非同小可。阿站很内向，很胆小，根本没办法送他去宠物寄养中心。智绘里说可以

让阿站住去她家，我虽然很感激她的体贴，但是阿站是个极度厌恶环境变化的猫咪。把他送去陌生环境，这样可行吗？我苦恼极了。最好的办法是请一个人住在我家，和阿站一起生活，这样才最放心。可是这种人真的找得到吗？正在我苦恼之际，我遇到了一个人。

那是我在猫咪保姆的网站上认识的一位名叫特莉休的女性。我把大致情况同她讲解了一下，于是她非常爽快地答应下来，说："那我就住下来陪他吧。"我为她如此的爽快感到有些惊讶，随后我了解到，特莉休原本是个背包客，腿脚灵敏轻便。而且她家距离我家仅隔两个街区。特莉休超级爱猫，甚至到了"没有猫猫会死"的程度。可是她的伴侣却重度猫咪过敏，没法和猫猫住在一起。她一直在义务参与猫咪的保护工作，还曾经领养了一只当时 16 岁，正要被安乐死的猫咪，一直和他一起生活到猫咪满 19 岁自然死亡。

"也得给猫咪鼓鼓劲儿才行呢！"

不过现在敲定这件事为时尚早，她马上就来我家实际看了一下。我们在家非常仔细地聊了很多细节，包括家中设备，阿站的身体，等等。她在我家的这段时间里，阿站一次都没出来过。不过她已经习惯了各种猫咪，所以阿站的表现也在她的预料之内。

“OK！阿站是个内向宝宝呢！”

在温哥华，民宿，也就是爱彼迎的使用还是相当发达的。所以让不认识的人来家中居住，或者是把家中各处都展示给朋友看一类的，大家似乎都没什么抵触情绪。去朋友家玩儿的时候，也会跟着朋友来一把“room tour”，从厕所到卧室，把朋友家整个看个遍。在很多人看来，如果要长期出门旅行，那就把自己的家暂租给朋友，这样比较合理（还有人会把车子也租出去）。住在隔壁的房东肖恩也对我的安排没有意见，爽快同意了。

PCR 检查必须去按照日本政府指定的检查方法进行检测的诊所，做鼻拭子真的很痛（之前在急救门诊已经体验过了），对 S 来说未免太痛苦了。于是我请教了知代，问到一家同样符合日本标准，但可以用采集唾液的方式检测新冠的诊所。她也已经早我一步先回日本了（而那之后她又因为签证问题被迫逗留国内）。说实话，检测的费用高得惊人。可是为了回国，又不得不出这份钱。

等结果的时间里，我始终坐立不安，不停祈祷。其实，我每天都会在心里对着外婆祈祷。当然，一部分是关于我的病，还有就是不知道会发生什么的那种不安。S 每天都会去上日托班，班上的小朋友都不戴口罩（主要是大部分成年人也不戴口

罩。当时的温哥华已经基本回归“日常”生活了）。所以根本不知道在何时何地有可能被传染新冠。所以，当深更半夜终于收到了“新冠检测阴性”的通知时，我和丈夫都高兴坏了。随后，我再次在卧室里默默感谢了我的外婆。

卧室里一直都有蜘蛛生活。但不是之前那种好几只小小的个体，而是约有3厘米大小，腿又细又长，身体透明的蜘蛛。外婆（我认为是外婆）在我床边摆着的加湿器背后结起了美丽的蜘蛛网。我每晚都会祈祷。而且每次祈祷过后睁开眼，我都能看见她。

“请保佑我顺利返回日本。”

于是，她那细长的身体，就散发出了濡湿的、水一般的光。

接下来还有难关等着我们。那就是成田机场的PCR检查。奈绪年底回国的时候，在成田机场查出了新冠阳性。于是只能带着尼可还有雷在酒店隔离了一个星期。她出国前做的检查是阴性。也就是说，她可能是在飞机机舱内被人传染，又或者是出国前的检查出于某些原因（可能是尚在潜伏期？）没能查出来。总而言之，飞这一趟就跟赌博差不多了。

大约10小时的飞行时间里，S是真心过得很享受。他自己戴了耳机看电影，还吃光了供餐。一犯困就直接躺倒在我或

者丈夫膝头开始呼呼大睡。

就在几年前，让 S 坐飞机还是个大工程。S 虽然不是爱闹腾的小孩，但他没办法一直坐着看电影，而且飞机供餐，他吃得也不太利索。所以从日本过来温哥华的时候真把我们累坏了。坐在返回日本的飞机里，我由衷地感受到了孩子的成长，他现在竟然能自己优哉游哉地看电影了。

我们前面坐着的是一位来自坎卢普斯的女性。她带了一个 2 岁大的女孩子和一个 10 个月大的女孩子。她们此前已经坐了一个小时的飞机，从坎卢普斯飞温哥华，接下来要一路飞去东北。

她自己一个人带着两个孩子，我们总想帮帮她。所以在她带着大女儿去厕所时，我就负责帮她抱着小宝宝。小婴儿一开始还没反应过来怎么回事，但很快就意识到妈妈不在身边了，于是放声大哭起来。我和 S 还有丈夫三人慌成一团，手忙脚乱地安抚着她。

成田的 PCR 检查是检查唾液，要等两个小时才能出结果。我们一家的入境流程办得很顺利，事先已经在一个叫 MySOS 的 App 上把需要提交的资料都准备好了。因为已经申请过的资料都通过了审查，所以一落地我们就直接是绿灯（我记得如果是正在审查就是黄色，处于尚未审查的阶段就是红色），只

要把标绿的 App 拿给工作人员看应该就可以了。可是，我们还是遇到了要当场出示一些资料的情况，在这样那样的耽搁下，我们最终在机场停留了大约 3 小时。即便如此，这也算是大大节省了时间后的程度。就在几周前，入境还至少需要花费五六个小时，所以很多人会赶不上后续的国内航班，或者错过了最后一班电车，只能在机场里熬一宿。就算 S 已经好带了很多，但带着 4 岁的孩子在机场滞留 6 个小时……我真的想都不敢想。

在成田机场办入境手续的这 3 个小时，S 表现得特别乖。等待 PCR 结果的那两个小时里，他除了去自贩机买水或者去厕所，一直都是在指定好的位置坐着。这期间，S 一直在认真涂抹自己随身带的填色本，一次都没闹过。

听到我们的号码被喊到的瞬间，我们全家一起摆出了“胜利”的手势。我们取上了摆在早已停止工作的传送带边的行李，跑去机场里唯一还开着的那家日料店里吃了寿司。当时的那种喜悦真是永生难忘。无数小碗中精致美味的料理，日料店店员精细周到的待客态度，还有所有人都戴口罩这一点，通通带着强烈的“日本”感。

不过，好久没见的日本给我留下的最深印象，其实在很意外的方面。那就是“狭窄”。我位于东京的家足够我们一家三

个人住。可是厨房，还有一个个房间竟然都很狭窄，令我不由得吃了一惊：“我们家有这么小吗？”尤其是在很靠里的位置，并且没有窗户的厨房，一个人站在里面就已经满满当当了。我顿时回忆起了夏天酷暑中做晚饭时的那种忧郁。

过去的我，就在这狭小的环境里努力生活着，想想都快哭出来了。洗菜篮没地方放，所以我在水池上面做了一个金属架子，把篮子摆在了上面。冰箱和墙壁之间很小的缝隙里塞了带滑轮的置物架，里面摆着各种调味料。为了更方便把炊具拿出来，我还在架子里又弄了一个组装式的锅架。即便如此，我这个厨房也只能勉强转身或者下蹲。

狭窄的还不只是我家。道路也惊人地窄。长大之后再去走小时候生活的街道，会吃惊地发现，路旁的大树和常玩儿的公园都又小又窄。那是因为我们自己的身体长大了。这回我对外面的街道也产生了类似的感觉。“欸？是我身体变大了？”

当然不是。

在看上去应该是单行道的路上会有两车交会。一个人走都很促狭的道路上，还要过自行车。因为在 S 心里，走在路上就和玩障碍跑差不多，所以带着他在这里行走成了一大难题。在温哥华的时候，就算 S 铆足了劲儿在路上飞奔，或者飞扑到树上，在台阶上行走，都不会撞到任何人，也不会被人责骂。毕

竟温哥华没有那么多人。虽然路上往来车辆也不少，自行车骑得和小汽车一样快，但道路上必须优先步行者，遇到小孩或老人就更要礼让了。行道树上不知被谁装了个秋千，看上去谁都可以去玩儿。S 经常会在这儿荡秋千。还有很多人会在树根的位置装个小门，弄一个“小矮人的家”。附近邻居家的植物，总是会修剪成龙形或蜗牛形。

邻居家的爷爷会在树干或者树木凹陷的地方摆一些小小的玩具，S 超级喜欢这样玩儿。他不会一直拿走玩具，而是会把自己不需要的玩具也摆在相同的位置。有一次，他前一天摆好，第二天在日托班就看到雷米拿着那个玩具在玩儿了。所以，在温哥华带着 S 散步是非常开心的事，那座城市对孩子们是非常友好的。

可是，我感觉东京并不欢迎 S，以及其他小朋友。走在路上时，我光是牵着他的手都不行，得从他背后紧紧抓住他的双肩才可以。S 不喜欢我这样做，还会逃开。结果一逃又会遇到有车辆路过，或者被自行车超过……每当这时我就忍不住大声喊。我想，S 应该觉得很憋屈吧。我其实也不想絮絮叨叨地叮嘱他。小孩子肯定想尽情奔跑，如果遇到什么能攀爬的东西，他们也一定想爬爬看吧。走着走着，也会想突然改变方向，自在玩耍去吧。说到底，从孩子背后紧紧抓着他的肩，这简直就

像是做错事了的惩罚动作。因为无法让 S 自由自在，我的压力与日俱增。而这种压力，在某次乘坐都内电车时到达了顶峰。

即便是在平日，新宿站里的乘客依然多得令人头晕目眩。要我领着 S 在这种密度的人群之中行走，基本和受惩罚没什么两样。令我感到难受的是，我发现自己不是在真的觉得很危险，或者很抱歉的时候发声，而是为了向周围展示些什么才发声。那是类似于“作为母亲我也觉得这样很危险”“我会好好注意的”“我真的觉得很抱歉”一类的展示。是我太自负了，我本以为自从住到温哥华，我已经从某种程度上学会了松弛感。其实根本没有，我是个畏首畏尾的胆小鬼。我批判过分强调“看起来如何的”的杂志，结果我自己根本没有逃脱“周围人如何看我”的思维枷锁。仅仅两年零几个月的海外暂住，根本没有改变我的底色。

在温哥华的时候，我用的是布制的口罩。口罩是麻里和她丈夫麦克经营的“麦克品牌”制作的，三层结构，很安全，而且布料触感舒适。最重要的是设计得非常棒，还满足了必要条件：可以重复水洗。

可是，我抵达日本后立刻注意到，我周围没有任何人在戴布口罩。大家戴的都是医疗用的一次性口罩，或者，至少是无纺布材质的口罩。其中比较常见的就是无纺布做的椭圆形口

罩。据说这种口罩是韩国制造，效果特别好，很受欢迎。不知道是不是我的错觉，走进电车时，我总感觉有好几个人都看向了我（也有可能是因为我留着寸头吧）。

听朋友讲，大家并没有被强制要求必须戴无纺布的口罩。不过，电视节目上提过布制的口罩没有用，所以这个节目播出之后，大家就都戴起了无纺布口罩。

“戴个聚氨酯的口罩，就不会那么不像本国人了。”

有朋友这么告诉我。“不像本国人”这种表达给我带来的冲击也很大。不过，事实上的确发生过两名男性因为戴口罩的问题大打出手的情况。所以这种表达还真不见得是“夸张”。

我其实也写到过，在加拿大或者美国，口罩和政治思想挂钩。日本应该并没到这个程度，但我无比强烈地感受到了某种类似的存在。我们所畏惧的恐怕已经不是感染了，而是“和其他人不同”，不是吗？

我原本以为在户外散步时可以拿下口罩，但是我太天真了。家附近的竞技场上，甚至连跑步的运动员都是戴着口罩的。听我婆婆说，就连去健身房和游泳池，大家也都戴着口罩。擦肩而过的私家车里，明明只有驾驶席上有人，但那个人依然戴着口罩。我真的不懂这究竟有什么意义。

即便如此，我依然迅速买来了无纺布材质的口罩，在无

人的大街上我也不会摘下口罩。在电车里，我依然不断提醒S“安静点”，不断控制无法预测去向的S的行动，在S要开口说话前先道歉。

“对不起。”

没错，我会对周围道歉。可这么做导致我很快就筋疲力尽了。S也注意到了我的反常。

“总觉得，妈妈有点可怕……”

没错，S在倾诉不满。他说得对啊。我心想。

可即便如此，对S来说，在日本的这段时间依然是他最棒的回忆之一。他见到了外公外婆（我妈妈紧紧抱着我和S大哭），还吃了好多美食，还得到了无数超棒的日本玩具，整天被教育台播放的有趣节目吸引得目不转睛。

走进任何一家商店，店员都表现得细致、周到。就连随便一张玩具说明书都写得非常清晰易懂，把我感动坏了。超市里陈列的商品个个都很精美，绝对看不到任何腐烂或长毛的水果。虽然购物袋要收费，但商品本身的包装严密又细致，上面还写着各种有可能发生的注意事项，而且还能照着商品做好的开封线，整齐地打开包装。只要在店里买了东西，那么无论这个东西有多小，都能拿到优惠券，还有讲解App登录方法的说明，以及新商品的小册子。总之，就是能拿到各种纸。走进

咖啡馆，马上就有侍应生端着温水和擦手巾迎上来，菜单上的说明也非常详细。而且店内的墙上还贴着一些特别菜品。看向哪个方向，都是满眼刺激性的广告。坐在电车里也不例外。车门上方的屏幕里一直在滚动播放广告视频，如果觉得累，打辆出租车，那后座眼前的位置依然还是屏幕，还是在滚动播放广告。在日本的那几周，我一直处在一种被提供着一些“什么”的状态。

东京比较特殊，这一点我当然明白，可是像这样一直不断地被提供着些什么，我的大脑会陷入混乱。面对这种不间断的刺激，我完全得不到休息。渐渐地我开始思索，这种种，会不会就是从“狭窄”来的呢？

和在狭窄厨房里“令人不禁落泪”的那个努力的我一样，为了能在这个狭小的地方保住自己的地盘，各个商店、各大企业，都必须拼命努力。这个“地盘”，同样可以替换成“社会性的容身之处”，如果没有社会性的容身之处，那就赚不到钱。说得再极端一点，可能连活下去都有困难。所以，不能和其他店一样，不能和其他企业一样。只要稍微有一点点空间，就必须用起来，一旦发现顾客在精神上还有“余白”，那更是绝不能放过。

走进温哥华的咖啡馆，看到的菜单基本差不多。咖啡、红茶、抹茶（加拿大人也爱喝抹茶），麦芬、司康、羊角面包。加拿大人基本不会为了和其他店搞出点不一样，于是去开发新菜单，或者每天制作“推荐菜品”的单子贴到墙上（当然也会有这么做的店，不过那基本是连锁店的做法）。加拿大咖啡馆的墙面全是白的，既没贴着菜单，也没有任何特别说明。

当然，也会有一些专卖贝果或者华夫饼、冰激凌的店，很受人追捧。不过大部分店都没什么太突出的特征，一般都非常朴素。不过客人还是照常会来，就算来客不多，从业者们看上去似乎也还能维持生计。

比较重要的一点可能在于，加拿大人大多根本不太在乎饮食。当然，大家都爱吃美味食物。不过，我前面也提到了，他们给小孩准备的便当就很简单。像在日本那种开满了当地美食店铺的服务区，在加拿大根本没见过（就算有类似的地方，卖的也只有平平无奇的三明治或者热狗）。便利店不会每个月都有新品点心或者什么新联名的菜品，话又说回来，去饭店这种举动，在加拿大甚至都并未日常化。就算是见朋友，一般也是喊来家里做饭一起吃，而且这个饭也都做得很简单，基本就是意大利面，或者直接塞进烤箱里烤烤就能吃的食物。

我的某个加拿大朋友在日本暂住的时候，被电视上海量

的“饮食类”节目吓了一跳。电视上不但会有美食记者嘴里塞满肉汁丰富的汉堡肉，还会有一直狂吃当地特产美食的节目，淘汰制大胃王对决，以及所有综艺节目里固定出现的“美食环节”。只要为了那一口美味，日本人可以不远万里，可以大排长龙。这种对饮食的疯狂追求，把我的加拿大朋友彻底震撼了。

而在我看来，这种疯狂的追求恐怕也是从“狭窄”而来的。如果说前面那一种是“空间”的狭窄，那这回就轮到“时间”的狭窄了。不眠不休地工作到极限才好不容易获得一点点午休时间，或者假期，真的一顿饭都不想凑合。这么看来，日本人的观念似乎就很好理解了。

日本人口约 1.24 亿。其中光是东京就居住着 1400 万人。而另一边，国土面积约有日本 26.4 倍的加拿大，总人口只有 4000 多万。而且我前面也提到过，加拿大人的劳动时间一般都控制在最低限，大家都觉得拥有属于自己的私人时间，这是理所应当的权利。他们是有“余白”的。不去泪流努力，他们的厨房大多也都足够宽敞，别说浪费一两顿饭的机会了，只要他们想，那就有充足的时间去做自己觉得美味的菜肴。他们心中对“丰富”的认识，和日本人本来就不同，不是吗？

日本从物理角度来看就很狭窄，或许正是这种狭窄剥夺了

我们本来应该有的，加拿大人眼中的那种“丰富”吧。多亏了那些每天都在为守护自己的地盘、自己的容身之处，坚持努力拼搏的企业和店家，我们才能获得廉价又出色的服务，才能品尝美味的食物。然而，与此同时，为了提供这些服务，人们只能努力，甚至是强迫自己过度地努力。大部分人都在从事为他人提供些什么的职业，而其中的大多数，又不得不削减自己物理上以及时间上的“所有”，去满足他人。而当这些人离开了自己的工作岗位时，为了守护属于自己的“地盘”，他们又会怎么做呢?

坐在老弱病残孕专座上装睡的上班族，在公共汽车上脚踹婴儿车的乘客，给附近的幼儿园写投诉信，控诉幼儿园“吵死人了”的高龄人士，以上这些都真实地发生在日本。“过劳死”这个日语词，已经成了国际通用的。就是这样一个劳动时间长到累死人，可无论如何拼命地工作，仍旧持续30多年都在经济下行的国家，我们身在其中，为了守住我们自己那一点点的“地盘”，那一点点的容身之处，拼了命地活着，甚至被逼得根本没有余力再去尊重他人的“容身之处”了。

我其实已经提到过好几次，对住在温哥华的人来说，保护自己的容身之处，这是再自然不过的事，而且他们生活的环境，也能够让这种理所当然变为可能。无论再怎么忙碌，

都能准时下班。癌症专科的医生能请到 8 个月的育儿假，麻醉师阿曼达每年能请到 2 个月的休假。失业保险和国家补助都很到位，所以常有人辞职后会暂时休息一段时间再考虑就业。而且（这一点我在前文里也提到过）如果店里或者公司出现任何准备不周的情况，他们也从不认为责任在自己，并且觉得毫无道歉的必要。说实话，加拿大在商店和企业的服务方面，比日本真的差了十万八千里（或者与其说差，不如说加拿大人就是活得很放松），但离开职场后的他们，也会将保护这个城市其他人的生存空间视为己任。给老人让座，这再自然不过。婴儿车当然要给让到最宽敞的位置。小孩子会吵闹也没什么。因为，小孩子不就是吵吵闹闹的吗？

当然，日本的狭窄倒不是只能起些负面作用。显然，正是因为狭窄，人和人之间更倾向于秉承一种谦让而非争夺的精神。而且，那种削减自己，奉献他人的姿态，也不单是因为来自上头的强制，或者是那种“看上去如何”的思维方式，还因为日本人的确从根本上拥有了一定的温柔之心。没错，大家都很温柔。很多人都很内向，一旦受人所托，反倒是被拜托的人感到诚惶诚恐，恨不得拿出十万分的努力去帮忙。

在温哥华生活了几年，我的感受是，日本人拥有的是

“情”，加拿大人拥有的则是“爱”。因为只是一种主观感受，要想解释清楚两者的区别其实很难。不过，我会感觉到加拿大人是“带着爱意去对待他人的”，同时，他们也是带着这种强大的意志去行动的。无论是否拥有宗教信仰，这种带着爱意对待他人，并且作为一个拥有爱的人生活在这个世界上，对他们来说，简直就是一个关乎尊严的问题。

日本人也有爱。但是，日本人的这种爱总给我一种后天形成的感觉。夏目漱石第一次将“I love you”翻译成日语的“谣言”不是很有名吗？“我爱你”这句话过去并不存在，于是，漱石就将它翻译成了“今晚月色真美”。若是从“谣言”的角度来看，那这个故事实在是讲得太精彩了。而且就算是谣言，这个故事也依然能让人接受。总之，“爱”这个概念，的确让生活在100多年前的漱石感到迷惑了。这是因为日本人心中还有某种比这个“爱”更强大的东西存在。我想，那个更强大的东西，可能就是“情”吧。

情，不是凭借某种意志，或为了尊严而去取得的，而是在不知不觉中就已经获得的东西。如果面前有一个需要帮助的人，那么在充满爱地起身之前，或许你已经在不知不觉中无奈地（或是极不情愿地）伸出了援手。说不定你本人觉得好烦，好讨厌，说不定你觉得自己更需要帮助。把自己的“容身之处”

让出来，这简直是生死问题。可是，眼前就站着一个需要帮助的人，你无论如何，无论如何都没法不去管他。

爱总是来自善良的心和美好的精神。情却不一定来自这些。所以情有时候肯定会导致状况进一步恶化，有时甚至会让人显露出丑恶的一面。在情的推动下，我们可能会染指一些坏事，或是去原谅一些本不该原谅的人。当看到一个绝对无法理解的、一辈子都不想再见的人悲伤的背影会忍不住为他流泪，那大概就是因情所致吧？就算明知是孽缘，但就是无法斩断关系，总是忍不住再次伸出援手，那大概也是因情所致吧？明明自己的手也遍布伤痕、血污、泥土。可日本人的手，总因满浸着“情”而濡湿着。而这湿度，有时又能升华到一个绝佳的艺术高度。

日本人的艺术，也一样是拜狭窄所赐。说到底，能在狭窄空间之中保存下来的挂轴画、屏风画、格窗绘等等，都是只有在日本才会出现的一些样式，不是吗？而且屏风画，又是一种同时展现一年四季的表现形式。

例如，加拿大极具代表性的画家艾米丽·卡尔的作品，就会有一种超过整个庭院面积的广阔感。能够抵达一个超越物理层面的事物，这也是艺术家的工作之一。不过，日本绘画的美感却并不在广度，而在深度上。艺术家应该以抵达某个“深渊”

为自己的最终目的。而这个深渊大家也清楚，它实在是大得惊人（例如蓄水池一类的），就像细长昏暗的水井一般。艺术家们就那样待在又窄又暗的井中，只靠自己一个人，不断地向下挖掘着。

关于诗歌、小说、电影等，我们期待的已经不是视野的宽广了，而是更多地期待些细致、深奥的东西。例如柴崎友香、朝吹真理子的作品，展现的都是我们日常生活中触手可及的世界。但是，她们紧接着就会运用语言所拥有的多层效果更进一步表现这个世界。那种种些微的、平淡的表现之中，有着惊人的深度。备受海外观众欢迎的小津安二郎、是枝裕和等导演的作品，也并非着眼于什么宏大的主旨，而是将重心放在了更深入的挖掘上。或许正是因为这种做法，才让更多人体会到了他们作品的卓越之处吧。

日本的国土绝称不上宽广，但日本人拥有深奥的美学，而想要发现那背后遮蔽着的东西究竟是什么，就需要无比漫长的过程。话说回来，夏目漱石把“I love you”翻译成“今晚月色真美”的这个“谣言”本身，就非常“日本”，不是吗?

诞生于狭小日本的种种存在，种种感受，都寄宿于我的身体之中。这次回到日本，我再度体会到了自己身体和精神的那

种“狭窄”。我的双手，是否被“情”濡湿？而这湿度，又会为了帮助谁，尽到多大的力呢？

> **她倏忽转进了一条小巷，走到一户看上去十分简陋的房子前，这一家玄关的玻璃格子上还钉着板子。她出声问道：“请问需要静冈产的茶吗？”“这个嘛，卖多少钱呢？挺贵的吧？”理世推开了格子门，只见里面的两三个女人齐齐扭过头来看向她。她们似乎是在打着些给足袋缝袜底的零工。“您请等一下。我去找个空罐子来。”一个小个子女人说着就消失在隔壁的房间。和她相似的女人们手上还在一刻不停地缝着足袋的底。手中的针不时闪着光。**
>
> **——林芙美子《下町》**

虽然还在因为倒时差而晕头转向，但我回到加拿大之后立刻开始接受放疗了。

放疗师伊内丝再次向我讲解了放疗的副作用。主要就是一些烧伤症状以及疲劳。放疗结束后的两周，副作用将达到顶峰。还有，虽然罕见，但也有可能因为放疗导致新的癌症

出现。

放疗室在一扇厚度看上去简直有20厘米的沉重大门背后。我被伊内丝领着走进那个房间，发现实习医生亚斯敏和林医生已经等着我们了。大家看上去都很放松、很温柔，也都夸奖了我的胸部（虽然是我先展示给大家看的）。

我上半身裸露着躺在台面上。伊内丝、林和亚斯敏开始各自报起了数。就在这时，伊内丝问了一句：

“你感觉怎么样？”

欸？为什么现在问这个？我有点不解，但还是回答。

“感觉很好。”

听到我的回应，伊内丝有一瞬间露出了不可思议的神情，随后马上笑了。

“那可太好了！”

原来，她刚才是在和其他医生沟通，寻找一个正确的放疗位置。她问的问题也不是“你感觉怎么样？”，而是“这个位置怎么样？”，结果我误以为她在问我感受。原来是我搞错了，好丢人。听我这么说，她们三人异口同声地回应道：

“才没有呢，加奈子说感觉很好，这就是最好的！”

随后她又说：

“那我们就开始了。”

在一派祥和的气氛之中，三个人推开那扇大厚门，离开了这个房间。

天花板被画上了蓝天的图案，屋子里还播放着牧歌一样悠远的音乐。我就这么不疼不痒，也没有任何恐惧感地躺了10分钟，放疗就结束了。伊内丝推开门走进来的时候，我甚至还问了一句："已经结束了吗？"

我就这么开开心心地离开了医院。如果一直都是这么简单的话，那连续15天接受放疗一点不在话下嘛。我想。在癌症中心的旁边，就是我喜欢的那家名叫Elysian的咖啡馆。我在那儿点了杯咖啡，边喝边望着路上走来走去的行人。

有差不多一个星期，我都是同样的状态。10分钟的放疗一直都是不疼不痒，没感觉到任何副作用。每次放疗结束我都会顺路去Elysian咖啡馆来杯咖啡。

某天早上，我正准备去医院的时候，在学习柔术的同学们建的WhatsApp群里收到了一条消息。一名同学因为交通事故去世了。我没有和他做过对打练习，甚至完全不知道柔术教室有这样一个学员，但还是大受震撼。WhatsApp上满是悼念他的话，大家都在描述他是个多么温柔的人，多么强大的人。

从那天起，我的身体状况逐渐糟糕起来。身体变得非常沉

重，而且还伴随头痛。不过依然没到化疗时那种程度的难受。还好，我还好。比那时候好多了。我不断地提醒自己。可是我的身体状况还是越来越差了。

就好像呼应着我身体的不适，寒空中也开始不断地飘起了雨。才五月份雨就下个不停，这种情况很罕见。逼得人不得不一直开着暖气。

5 月 14 日

巴勒斯坦裔美国记者希琳·阿布·阿克勒遇害。她是在约旦河西岸地区进行以色列军队袭击巴勒斯坦人的新闻采访时，头部受枪击身亡的。她是半岛电视台的记者，常年追踪采访巴以冲突问题。

一大早，我被丈夫的大喊声惊醒。

我拖着不听使唤的双腿爬上楼，发现丈夫正抱着 S，S 已经翻白眼了。我当即明白：是发热性痉挛。

S 在 1 岁半的时候曾经出现过一次发热性痉挛。听说观测痉挛时间长度非常重要，所以我当时一边哆嗦着一边录了视频。时至今日我还留着那段视频。我给急救打了电话，说明了情况，短短 5 分钟救护车就到了。医生迅速做了诊断，确定 S 没事。于是我问医生，如果下次再遇到这样的情况，我该怎么办？医生立刻回答：

"还是马上叫救护车！不必迟疑！"

当时医生的这句话，真的让我感到由衷的感激。

这回是时隔许久的第二次发热性痉挛。S 已经 4 岁多，很快 5 岁了。到了这个年纪还会出现这种情况吗？我不安极了。我问丈夫，S 的痉挛持续了多久，丈夫也不太清楚。我给 911 打了电话。在电话拨通时，S 的痉挛停下了。他能呼吸了，但看上去整个人筋疲力尽。

温哥华的急救队很快就到了。因为是大清早，所以急救车没有开警笛。但急救灯一直在不断闪烁，看上去有种特别不祥的感觉。S 看到急救人员，哭了起来。他能大声哭出来了，我反而松了口气。

一位急救人员用针管喂 S 吃了点药。我一问，果然还是泰诺。急救车上只能有一个大人陪同，于是就让丈夫陪着 S，我开车跟在后面。

好久不见了，这熟悉的急救门诊。无数儿童在等待室里等着被喊到名字。大人们清一色都是满脸疲惫。等待期间，S的体温逐渐降了下去，眼看着一点点恢复了精神。于是我也做好了心理准备，估计又要等很久了。因为还在做放疗，所以这次还是我先回去了。经过这么多次折腾，丈夫已经对急救门诊有了阴影。另一边，看完医生回来的S因为吃到了冰激凌，所以心情好极了。

5月16日

纽约州布法罗。一名白人至上主义男子持枪扫射，10人死亡，3人受伤。

我的身体状况依然很差。尤其是头痛的问题，一天比一天严重。我想，可能是持续降雨的低气压导致了头痛，但是疼痛持续到这个地步，估计不只是受天气的影响了。原本非常享受的喝咖啡环节也取消了，我接受完放疗只能马上回家。我遭遇的副作用全靠预测，所以究竟会在放疗结束后更进一步恶化，

还是逐渐变好，没人知道。就这样，我熬过了 15 天的放疗。

全部结束后的第二天，我发了荨麻疹。浑身上下长满了突起的红色疹子，整个身体都在发烫，我实在痒得受不了，感觉精神都快不正常了。我用冰块给皮肤降温，强忍着不去挠，但最终还是没能忍住，上手挠了起来。结果胳膊和腿上很快就被我抓得鲜血淋漓。而且，很显然，瘙痒更进一步加剧了。

不可思议的是，直接被放射线照到的躯干部位反而一点都不痒。只有这一片区域风平浪静，除此之外全是惊涛骇浪的暴风雨。上次被痒哭还是很小的时候。当时我在开罗，被跳蚤咬遍了全身。

5 月 24 日

得克萨斯又发生了持枪扫射事件。

我请朱利安帮我做了针灸治疗。朱利安为我号过脉后说："你的身体还没从放射线的刺激里缓过来，它还处在一个应激状态。"他丝毫没有小瞧放疗的副作用。他总是非常细心地观

察着我身体的变化，愿意认真倾听我身体发出的声音和信号。有时候，他甚至能注意到一些连我自己都没察觉到的不调，并做出合理的处理。

我可以说全方位地信任他的判断。但是，我的确对那个不会脱发，不会引发呕吐反应，不疼不痒，短短 10 分钟就结束的放疗表现得有些轻敌了。在我心中，最美好的一天果然还是被告知身体里已经无癌，于是跑去咖啡馆品尝可丽饼的那天吧。

可是，第二天，我又去了急诊。

我的右半张脸和上颚突然开始疼痛，且完全无法承受。同时，我的后脑开始一跳一跳地疼，我开始恶心想吐，连呼吸都困难。我吃了泰诺，但完全无效。我开始担忧起来，于是给癌症中心的护士打电话说明了一下情况：

“一定是出现感染了，请马上来急救门诊。”

对方还把可以查询急救等待时间的网站告诉了我。于是我去了等待时间相对较短（但依然显示要等待两小时）的 UBC（不列颠哥伦比亚大学）。丈夫这一天出门了，我喊了 Uber。司机是个很热情的人，一直和我聊天，但我很少回应他，因为一张嘴我就感觉一阵剧痛，好像脑袋被狠狠砸了似的。

来加拿大之前，我朋友告诉我 UBC 有一座非常棒的人类

学博物馆。2019 年我来到温哥华，第一件事就是跑去参观了那家博物馆。我在博物馆内看到了原住民的面具和图腾，展览布置得非常漂亮，UBC 校区本身也优美得令人赞叹。这片街区简直像一座城市一般宽阔，人类学博物馆位于街区北侧，从那儿远眺，能看到身披皑皑白雪的群山。课间，有很多骑着自行车和踩着滑板在校区内穿行的学生。有个孩子可能是刚从宿舍走出来吧，身上穿的是一件印着驯鹿花纹、样式别致的睡衣。虽然在日本并不多见，但海外其实经常见到有学生穿着本校出品的衣服。我和丈夫一个没留神竟也买起了 UBC 的周边产品。好在千钧一发之际还是忍住没让钱包大出血，但这所大学就是有如此令人着迷的魅力。能在如此美妙的环境中学习，我真的好羡慕这所学校的学生们。

UBC 的急救门诊也坐着不少我当初很羡慕的学生。因为很多人都穿着印有 UBC 的衣服，所以一眼就能认出来。不过大家看上去倒是都不像需要急救的样子。其中有个男孩子一边用手机听音乐一边哼着歌，还对坐他旁边的男孩子说：

“轮到我了给我打个电话行吗？”

说完就把自己的电话号码塞给了对方。

我坐在一排座椅的把边位置，浅浅地呼吸着。因为稍一做深呼吸头痛就会加剧。疼痛感覆盖了整个右脑，上颚好似被插

了钉子一样生疼。好不容易轮到我，终于可以移动到诊察室里了。不过我也有心理准备，到了这一步，距离见到医生还有好长一段时间。不过，光是能躺在床上休息，我就已经非常高兴了。为了从疼痛中转移注意力，我准备做一会儿冥想。可是，因为只能保持很浅的呼吸，所以很难集中注意力。

我还接受了血液检查、尿检、胸部射线和脑 CT，甚至做了简单的视力检查，还测试了一下我能不能走直线。

检查出结果的时候，医生也来了。医生名叫蒂亚戈。他问我：

“您真的化疗过？”

“真的。去年化疗过。”

听到我的回答，对方非常惊讶地说：

“太厉害了。你的各方面检测数值非常好，根本想象不到你曾经接受过化疗。”

听他这么说，我当然很开心。不过这种开心并不能治愈头痛。

最终，检查结果没有任何问题。CT 显示我的上颚位置肿了起来，估计就和护士说的那样，是出现感染了吧。医生说会给我开些抗生素类的药。最开始只能在医院这边开一粒，后续就需要我自己去药房拿了。那颗药大得离谱，就连医生本人，

在把那颗药递给我的时候也忍不住露出一个苦笑。

最终，他为我做了全身检查，而且还要再确认一下我的大脑没有出现异常。

“加奈子，我现在要触碰一下你的左腿或者右腿，请回答我究竟碰了哪一侧的腿好吗？”

“好的。”

我保持仰躺的姿势，闭上眼。感觉两侧的腿都被碰了一下。

“嗯……两边都有？”

听我这么回答，蒂亚戈说：

“我刚才故意设了陷阱！你竟然答对了！”

我不由得大笑起来，笑得太猛，搞得头又开始痛了。

5 月 27 日

好久没有像今天这样，在没有头痛的感觉之中醒过来了！太棒了！世界好美！我好开心！好开心，好开心！！！

明明已经 6 月了，温哥华依然像冬季一般寒冷。出门时要穿厚外套，在家里也还要打开暖气才行。

S 的发热性痉挛又发作了。这一次从开始发作到发作结束我都在他身边。只见他双臂开始颤抖，很快就翻了白眼，只能短促地吸气，但是完全看不到吐气的动作，嘴角也冒起了白沫。

痉挛持续了大约 2 分钟。痉挛停息后，S 立刻呼吸沉重地睡着了。我在他的头上和腋下都贴了降温贴，陪在他身边。此前医生曾经告诉我，如果 S 在两周内再度出现痉挛，就带来急诊。这次的痉挛距离上次大约有一个月的间隔，所以没有带他去急诊。可是这么短的时间内又出现了痉挛的情况，我还是非常害怕。我给他吃了点泰诺，S 的热度慢慢降下来了。

可是第二天他的体温再度升高，到了 38.9 摄氏度。自然，日托班是不会去了，不过 S 倒是比较精神。到了傍晚，他的体温再次升高到了 39.4 摄氏度，我做好了他可能会再次出现痉挛的心理准备，但幸运的是这一次无事发生。S 看上去依然状态不错。

转天的早上，他的体温总算是降下去了。不过他的嗓子开始疼痛。用简易试纸给他测了一下，确定他是新冠阴性。所以我怀疑可能是咽喉发炎或者扁桃体发炎。我本来想约一个家庭

医生诊所的号，却发现一周前就已经约满了。我给能想到的所有免预约诊所都打了电话，可别说空位了，有的诊所连电话都不接。话又说回来，大部分诊所目前已经彻底不再接收新患者了。就算不是新患者，有些诊所也已经不再接受无预约的病人了。这种情况令我感到愕然。要这么说的话，免预约诊所的“免预约”不就压根不作数了吗？

这段时间，我开始在公交站和电车站看到一则宣传。那是哥伦比亚省的护士协会发出的一则公共广告。上面写着：

“82% 的护士认为自己的精神健康遭受了损害。”

旁边附上了抱头颓坐着的护士，以及正在哭泣的护士的照片，描述出了事态之严重。我本来以为，虽然医务工作者人手不足，但大家至少还能保证一定的休息时间。然而，能得到休息的，恐怕仅限一部分医生吧。

就连同样没有家庭医生的知代常去的那家免预约诊所，也无法接收未预约的病人了。而且，她的一个有慢性病的熟人长年委托的家庭医生已经离开诊所，这熟人也不得不匆忙另找家庭医生。自然，所有的诊所都满了，连排号的通道都关闭了。接下来的急救门诊肯定会越来越混乱。

可就算这样，哥伦比亚省竟然还算好的。其他省，有的直接关闭了急救门诊！还有的叫了 911 急救车之后要等待 4 个小

时车才来。听上去简直像是在开玩笑似的。照这么算，现在还能有家庭医生，可能本身就已经算是个奇迹了。

我们的家庭医生名叫亚特，在距离我们家 3 个街区开外的一家诊所上班。提到“家庭医生”，或许很多人会把这一行想象成是“自己开诊所的人”。其实这种人反而是少数。大部分医生都是和其他的几名医生一起在诊所上班。虽然诊所之间各有不同，不过有的人既要做家庭医生，也要负责为免预约患者看诊。有时候有些患者可能在免预约诊所数次接受同一位医生的诊疗，并且比较喜欢这位医生，于是申请该医生来做自己的家庭医生。这种情况虽然是有的，但很少有医生会同意。就眼下的情况来看，想做到这一点肯定更困难了。

当初是麻里把亚特医生介绍给了我。我在知道自己患癌之后，对当时免预约诊所的看诊过程（没错，就是那个表现得很焦躁，动不动就发火的前台）有了心理阴影，所以开始拼命寻找家庭医生。

麻里把我得病的情况，我们一家人居住的地点距离诊所有三个街区的情况，还有我们家有一个 4 岁儿童的情况都告诉了亚特医生，于是她回答：“好啊，我可以做他们的家庭医生哦。”当时麻里把这个消息转达给我的时候，我高兴得眼眶都湿润了。

亚特医生是一位年龄和我相近的女性，为人干练，又很帅气。最重要的是，她诊所的前台很温柔，光冲这一点我已经是千恩万谢了。

拥有一位家庭医生的好处在于他们能够具体掌握我的个人病历。我会把所有诊断书都发送给家庭医生，如果有药物过敏一类的情况对方也会及时提醒我。每家诊所的标准不同，有些诊所还会收取诊断书的保管费。而且大部分诊所的诊断书复印件都是收费的。我想拿复印件的话会跑去癌症中心。那边可以免费领取。

虽然是“家庭医生”，但也不是说永远只能找他们看病才行。其实找他们看诊也一样需要预约，大多都得提前 3 天，平均提前一星期预约才行。如果遇到紧急情况，病患会去正在营业中的免预约诊所或者喊救护车过来，不过遇到这种情况，最终诊断书也一样要发给家庭医生。总而言之，家庭医生就是那个掌握了你所有病历的人。

不过看眼下这情况，家庭医生的优点可能已经变成“不管等多久，至少能有医生给看诊”了吧。如果免预约诊所接下来更不愿接收非预约患者的话，那光是能看上病，就已经算走运了（更别提像其他省那样直接关闭急救门诊的情况了）。

所幸，S 在没有急救、免预约门诊也抢不到预约的情况下

自行恢复了。嗓子也不疼了。

我一直在吃含有抗生素类的药物，强烈的头痛也不再出现了。可取而代之的是门牙的阵阵疼痛。感觉像是神经痛。因为当时刚刚看过牙医，所以我很清楚这并不是龋齿的问题。而且疼痛还会换地方，门牙疼过之后，痛点又转移到了左侧的后槽牙附近。我请朱利安帮我用针灸的方式安抚神经，并且每天坚持喝中药，于是，疼痛感也逐渐消失了。

为了让血液循环加速，我开始慢跑，睡前会拉伸一下，而且每天都坚持锻炼肌肉。我按照亚特医生的医嘱，大量饮水并服用维生素 B_2 来预防头痛。

荨麻疹没有再发，不过原本并无大碍的患处皮肤颜色开始变深，并且开始发痒。是那种又痛又痒的不适感。因为不能去挠，所以一开始发痒，我就拿出小惠送我的润肤霜涂抹。后来发黑的情况愈演愈烈，黑到了一定程度之后，又开始慢慢变淡了。虽然还是很痒，但我知道这是皮肤在重生，所以我忍住了。

曾经变得黢黑的手指也在重生。我的头发也已经长长了，所以我又去了阿正的理发店。上次欠的费用还没有结给他呢！他用拥抱迎接了我的回归。如果我愿意的话，当然可以尽情留长头发，不过我实在喜欢自己之前的发型，所以还是请阿正帮

我剃秃了。

我的身体正在逐渐恢复。伤口也在一点点痊愈。而最最重要的是，我不再需要接受治疗了，我终于回归日常生活了。

7 月 7 日

前首相安倍晋三遇刺。

苏莱卡·乔瓦德（Suleika Jaouad）是一名记者及作家。她曾在 22 岁那年被诊断患有白血病。

医生告诉她，她的长期生存率只有 35%。她接受了 1500 天的化疗以及骨髓移植，最终活了下来。她在 TED 演讲（TED 是美国一家私有非营利机构，该机构以它组织的 TED 大会著称，这个会议的宗旨是“传播一切值得传播的创意”）中曾以《濒死的经验教会了我什么？》为题，说过这样一句话：

“令我真正感到痛苦的，是癌症治疗结束后的生活。”

在那 1500 天之中，她唯一的目标就是活下去。于是，她向着这个目标一刻不休地前进着。可是，在目标达到的那一

天，也就是终于出院了的那一天，她突然发现，自己根本不知道接下来的日子要如何去生活了。看了她的这段演讲，我自然想起了科尼。

科尼也说过类似的话。当奔着“治愈癌症”这么一个目标生活的日子终于结束，自己突然不知道该以什么为目标去生活了。于是，她开始学习滑冰和写作。最近她决定把家里的一个房间用作 Airbnb（爱彼迎）出租出去。科尼告诉我，搞室内装潢，和来看房间的人沟通，这些都很刺激。此外，她还完成了一部超短篇小说。那是一部关于活着的点滴记忆的、无比闪耀且美妙的超短篇作品。

当时的我尚在化疗中，所以并不能对科尼的说法感同身受。而如今我的治疗终于结束，我也并未感到自己丧失了人生目的。这是因为我还有要写下来的东西。其实我在接受治疗的途中就决定要写下这篇文章了。它实际也是以一种接近现在进行时的状态，连同我的日记同步向前推进的。可是，正因如此，我又陷入了思考：倘若没有了书写，我会变成什么样子呢？

苏莱卡说：

“就算疾病痊愈，我的恢复过程却尚未结束，不如说，是刚刚开始。”

因为长期化疗，她的身体遭受了永久性的损伤。每天需要

有长达 4 小时的午休时间，免疫系统几乎无法工作，所以不时被急救车拉走。不单是身体，她的精神也遭受了难以磨灭的伤痛。那是对复发的恐惧，以及无法痊愈的悲伤（在她出院 3 周前，一直和她肩并肩治疗癌症的好友梅丽莎去世了），连续数天，有时甚至是连续数日的 PTSD 症状。这就是她的，崭新的日常生活。

而且，她还必须不断地提醒自己：

“日复一日，我不间断地受着罪恶感的煎熬。我不停地告诫自己：光是捡回一条命，你就已经非常幸运了。因为许许多多的人都因为这种病离开了人世，包括我的朋友梅丽莎。”

可她直言，自己每天都是在“寂寞和丧失感”的裹挟下醒过来的。她“痛苦得几乎无法呼吸”。在观看她的 TED 演讲时，我回忆起了最后一次见罗纳尔多医生时，对方曾说过的话。

“加奈子，你的治疗已经结束了。以后只需要每 3 个月做一次检查就好。这无疑是件大喜事。不过，我的一部分患者也会对此感到不安。通知患癌对一部分患者来说就是心理阴影。他们会进入一种 PTSD 的状态里。而且这种情况往往不会在治疗结束后立刻显现，而是循序渐进，一点点地冒出头的。所以，从此以后，我希望你能多多照顾自己的情绪。如果你感到不安，请你马上和癌症中心联系。我们时刻在这里等着你。”

随后，他还不忘补充一句：

“不过，我要去休个育儿假喽。”

我和他相视大笑，打从心底里祝福自己恢复健康。我觉得他说的那些问题“不算什么”。在我心中，脱离疾病的那种极致的快乐一直持续，当时的我，似乎被某种全能感包围了。

我不必像苏莱卡那样一天睡 4 个小时的午觉。也不会动不动就被急救车拉走。我的治疗时间约 8 个月，最终仅仅失去两侧乳房和三个淋巴结就摆脱了癌症。血液检查得出的数值好到连医生都很惊讶。因为术后腋下会抽筋，所以右肩可活动的范围变窄了，但我马上就可以慢跑并锻炼肌肉，很快也能游泳了（虽然泳衣的前胸部分空空荡荡），甚至还能挂在单杠上。而且，我是发自真心地喜欢上了自己这副失去了乳房和乳头的身体。

我开始感到不安，是在那幸福的每天进入常态的时候，也是温哥华美丽的夏日来临之际。

期待已久的露营，我已经去了 4 次。我在海里游泳，在湖里游泳，大叫着跃进融雪的河流里。我骑着自行车出门，在海边奔跑，去摘蓝莓，从游泳池的跳台上蹦下去。几乎每周都会跑出去办一场室外聚会。我们去了戴维特的老家新斯科舍省，品尝了当地特产的龙虾，大家玩儿得不亦乐乎。回去的路

上途经蒙特利尔，我们在一家非常精致时髦的餐厅用餐，还兴奋地逛了一家文艺风格的书店，买了书，又去了泳池和游乐园玩耍。

治疗十分痛苦的时候，我就在日记里写了一份“如果治好了癌症我想做什么？”的列表。比如去见父母，去见自己在日本的朋友们，去给祖父母扫墓，去泡温泉，去露营，在大海里痛快游泳，去听肯德里克·拉马尔的演唱会。（以上的所有愿望都马上实现了，真是出乎意料！）

在这个列表里，有一件事我无论如何都想做到，那就是再去一趟惠斯勒——就是和罗纳尔多医生见面，被告知罹患乳腺浸润性导管癌的第二天去的那座城市。我要回到那里，回到那个我曾对着浴缸大哭的地方，将我悲伤的记忆覆盖掉。

再次来到惠斯勒，我已经无须为了遮挡哭泣声跑去给浴缸放水了。也没必要为了逼自己睡一会儿，于是努力把注意力集中到S熟睡的呼吸上了。我已经从众多束缚中解放了，终于能找回那平静与祥和了。

在惠斯勒的黑梳山，我请丈夫为我拍了张照。被晒得皮肤黝黑的我面对镜头笑着。那模样看上去太幸福了，就连我本人看到了也要禁不住为之微笑。与此同时，我又不知为何，感受到了某种寂寞。

那是一种难以言喻的复杂情绪。一切都结束了，什么都不用再担心了。那至高的幸福甚至无法用言语表达。可与此同时，突然袭来的寂寞也一样强烈，一样令我毫无招架之力。

这感觉，究竟是怎么回事呢？

为什么我如此幸福，同时却也如此寂寞呢？

从惠斯勒回来后，我也变得和苏莱卡一样，每天都是在“寂寞和丧失感”的裹挟下醒过来的。明明前一天晚上钻进被窝时，我还沉浸在幸福到目眩的美妙情绪之中，然而早上醒来，我就又被那种难以名状的不安笼罩了。

每天醒过来，我做的第一件事就是寻找这不安的原因。眼下，我有什么现在进行时的恐惧吗？ S 很健康。丈夫很健康。阿站很健康。我呢？我也很健康。身上没有疼痛的地方，也没有需要治疗的地方。没错，我已经不需要治疗了！没事的，没事的，我没事的。我就这样拼命对自己强调着，开始一天的生活。就这样，尽量轻柔地告诉自己要放松。

我见到的每一个人，都会为我送上祝福。他们都打从心底里为我的康复感到高兴。还有人感动得流了眼泪。

“太好了，你真的好坚强！”

“接下来就是崭新的人生了！”

听到他们这样说，再加上一个比这句话更加热烈的拥抱，

我心中的幸福瞬间到达了顶峰。但与此同时，心中还有一个声音突然说：

“等等，我还是觉得好怕。”

那是静谧且迟缓的孤独感。

在我被告知患癌后，以及接受治疗时，大家都能打从心底里共情我的恐惧，并贴心地陪伴着我。而那种恐惧，可以说是相当真实的存在。用一种有点奇怪的说法就是“我害怕的是一种真实的恐怖”。

可是，当我的癌症已经治好，我回归到那种无与伦比的幸福生活之中时，我的恐惧就不是真实的了，而是有点像冒牌货。所以，我的这种恐惧暂时无法和任何人提及。糟糕的是，这种恐惧是伴随着罪恶感的。就像苏莱卡所说的那样，我们这些活下来的人，必须打从心底里对自己“还活着”“活下来了”满怀感激。因为自己本可能和其他患癌去世的人有着相同的命运。

还有，即便同是“幸存者”，但我得的是乳腺癌，这种癌症的生存率相对较高，而且仅需 8 个月我的治疗就结束了。但是苏莱卡罹患的白血病却需要进行骨髓移植，而且接受了长达 4 年的癌症治疗。有一些瞬间，我会下意识拿自己的处境和她做比较。于是，我又会产生一种“自己的这种恐惧很不恰当”

的想法。我总忍不住想，长期生存率只有 35% 的数字，会给她的日常带去多么可怕的阴影啊，和她相比，我却……

当然，反过来的情况也有可能发生，比如，我有基因突变的问题，此后罹患卵巢癌的概率会变高。那么对那些没有突变基因的癌症幸存者来说，在对复发的恐惧上，又怎么和我比呢？还有那些不需要接受化疗就成功治愈，极早期就查到癌症的人的恐惧，又该怎么说？

我得出了这样一个结论：属于自己的恐惧是无须和任何人比较的。完全不需要。

恐惧，就是恐惧。

当然，无论生存率有多低，复发率有多高，有些人都会毫无恐惧地活下去。但可惜的是，我不属于这类人中的一员。

一切真的已经结束了吗？

以后会不会还有什么可怕的事等着我呢？

我总忍不住这样想。而且这种想法，往往会在我感到无比幸福的瞬间突然浮现。我无法相信自己有这么好的运气，所以，我才惧怕自己会失去这种幸福。

这究竟是一种什么样的情感呢？我曾努力思考。可它其实什么都不是，它就是常见的情感。我们在 100% 感受到幸福的同时，也会 100% 地感受到惧怕失去这幸福的寂寞。人类就是

这样一种生物。“因为太幸福了，所以会害怕。”第一个说出这句话的人，是谁呢？

事实真相往往很简单。我彻底找回了自己的日常。我的日常就是如此美好，美好到我甚至会被恐惧驱使。我绝对不能再撒手让它溜走了。而我如今的日常，已经和过去完全不同了。从今往后，我要开始度过“新的日常”，而这新的日常之中，也正包含了无数未知的恐惧。

2021 年，苏莱卡的伴侣乔恩·巴蒂斯特获得了 11 项格莱美奖提名，成为历史上仅次于迈克尔·杰克逊和娃娃脸的音乐人。同年 11 月，苏莱卡癌症复发。而且这一次的癌要比第一次的性质更严重。在乔恩获得提名的那一天，苏莱卡开始了她第二次的癌症化疗。而在她接受第二次骨髓移植的前一天，她和乔恩结婚了。

在接受 CBS（哥伦比亚广播公司）的采访时，乔恩是这样说的：

“黑暗想要吞噬你。可是，你要向着光前进，专注于它，去拥抱它。”

他的音乐本身也是充满光芒的。他说出的这句话本身，也好似正在发光。这句话，也正体现了光明的强大。

在我看来，专注于光明，并不意味着就忘却了黑暗。正因为有黑暗，才有光明——虽然这句话是那么“陈词滥调”，可它又是那么理所当然，无法反驳。只要我们还是那种在为幸福祈祷的同时，也会担心自己失去幸福的生物，光明和黑暗在我们身上就永远是共存的。

人总有一死。

我对大家都将体验到的“死亡”怕得不得了。我不想死，至少从没想过有一天自己可能会产生“我可以死了吗？”的念头。我想，在我死去的瞬间，在生命的尽头，我可能依然在可悲又可怜地恐惧着死亡。

患癌有一点好处，就是让我意识到“恐惧也没什么不好的”。我想对那个可怜兮兮地发着抖的自己说：“我懂，真的好可怕！”然后牵起自己的手，拍拍自己的肩。

我曾写到过，在接受癌症治疗的过程中，我产生了一种自我之间的“乖离”。我感觉自己是保持了一定距离去观察西加奈子的某个存在。而这种情况则拜护士塔提亚所赐，烟消云散。我是我，我只能是我。我找回了我自己，我简直要为自己献上喝彩。而实际上，我也的确发出了甚至感染到其他人的高亢欢笑。

以此欢笑，作为对自己的喝彩。

可是，那种感觉仍依稀存在着。它并非来自恐惧和痛苦，也没有“乖离”的感受那么强烈。我或许还是只能将其描述成“另一个我的存在”。而现在，那“另一个我”超越了所有人和一切事物，成为我最重要的盟友。

“我懂你！”

“是的！”

“真的很可怕！”

自然，当我和这种恐怖对峙之时，牵着我的手的，拍着我肩膀的，绝不止“我自己”。我还有科尼她们这些曾患过乳腺癌的幸存者前辈。

文枝，我的高中同学。她在 6 年前被诊断患有乳腺浸润性导管癌。所幸没有检测到基因变异的情况。在接受化疗和放疗后，她选择了乳房的保守治疗手术。

文枝当时在一家大学医院的生殖实验室担任胚胎培育师，在接到患癌通知时，她正准备两周后去芬兰参加一个学术会议。她的初诊医生说可以等她出差回来后再进行治疗。可检查结果却显示她的癌细胞增殖率要比想象的高很多，所以医生劝她最好还是在出差前就开始治疗。当时，距离她出差只剩 3 天了。文枝询问对方：“等我开完会回国再开始治疗可以吗？”于是医生问她：“如果选择了去开会，你有信心在 3 年后不为

此感到后悔吗？”于是她决定立刻开始治疗。从医院回家的路上，她把自行车停在公园边，哭了一场。

小润，是我读大学时的好友。她在 9 年前被诊断患了乳腺癌。当时她和自己的孩子 G，还有丈夫杰德一起住在洛杉矶。当时正是 G 快要过周岁生日的时候。她准备给 G 断奶，于是开始换上了奶粉，就在那几天，她开始觉得胸部不适。一开始负责看诊的内科医生没有发现问题，只告诉她“不要紧”。可小润始终感觉不舒服。于是坚持请医生给她做了检查。时至今日，她都会想：当时自己没有坚持检查，而是直接回家了的话会如何？小润曾告诉我：

“医院是打电话告诉我病情的。我当时脑子里想的是：‘这个人在说什么啊？’后来我去了医院，听了治疗方案，才一点点反应过来。于是我又开始想：‘以后，我还能和 G，还有杰德在一起吗？’同时，我也下定了决心：从此以后，我也一定要和他们在一起。我绝对要做到。”

我的婆婆秀子是在 8 年前罹患乳腺癌的。她接受了化疗和乳房保守手术治疗，之后又接受了放疗。她说，医院通知她得了癌症的时候，她大脑一片空白，完全无法思考。于是，她一个问题都没提，面前的医生说什么，她都只会一个劲儿地回答：“好的，好的。”然后就回家了。

婆婆告诉我们她患癌的那天，我至今难忘。我们一大家去了趟温泉，当时正在回程的新干线上。马上就该下车了。她对我们说“我得了癌症”。我听到这句话，下意识紧紧按住了坐在我对面的她的膝头。于是她微笑着对我说：“别担心。”这些细节，都无比鲜明地留在我的脑海中。

那一年，她 63 岁。她的孩子们（也就是我的丈夫和他的弟弟）已经离开家，独当一面了。所以她说自己有个三长两短倒也不要紧，唯一比较担心的是丈夫，所以接下来丈夫得学会自己照顾自己了。

住我家隔壁的特蕾西，是房东肖恩的伴侣。她在 39 岁那年伸手搔了搔腋下，结果摸到了好几个硬块。当时的她住在圣地亚哥，是一名注册会计师，同时也是一名 CFO（首席财务官）。她身体非常健康，根本没想过会出现任何问题。可想而知，当医生告知她罹患乳腺癌时她受到了多大的打击。之后，她一边接受治疗，一边和在美国也属少数的一位践行综合医疗的芝加哥医生探讨治疗方案，同时摄入补充维生素以及其他补剂。

在我接受治疗的时候，文枝会定期联系我。她教我要在接受化疗时尽量把思绪放空。当我告诉她为了提升白细胞数值，

我必须得自己给自己打针的时候，她也陪着我一起害怕。文枝还拍了她家院子里开放的山茶花和水仙花。看到花儿的照片，我明确感受到了季节的变化。

听说我得了癌症，小润从美国给我寄了一大堆东西。有姜味的糖（化疗时恶心反胃可以吃一些，这种糖能让口腔感到清爽）。术后系安全带会伤口痛，所以她送了我安全带的保护套，还有能让身体从内到外暖起来的发热袜子。不单是给我，她还给 S 买了能陪我一起在床上玩儿的小玩具，甚至给照顾我的丈夫买了美味的咖啡。

听说我患癌，婆婆马上对我说："没事的！"因为当时刚刚得知自己患癌，我真的非常想听到这句话。自那之后，她也一直反复告诉我："没事的！"

"只要你需要，我随时都能去！"

后来，她为头发掉光的我亲手织了绒线帽，寄来了加拿大。

特蕾西和肖恩夫妇为我们家免费提供了房间清洁。因为丈夫提到想在我开始化疗前，把家里彻底清理一下。于是他们夫妇俩就雇人每个月为我家做一次清洁。我对细菌毫无招架之力，所以清洁房间真的非常重要。无须我们自己来做清洁（而且还是免费），真的帮了大忙了，我对他们夫妇二人感激

不尽。

特蕾西把她学来的维生素和补剂的知识都传授给了我。在接受化疗时，为了防止呕吐，可以去买一些渔民用来防晕船的腕带。这种东西的存在也都是她告诉我的。

她们，都是度过了宣告罹患癌症的那一夜的人。

对我，她们都从精神上、物质层面上，毫不吝惜地提供着支持。而且，她们也是清楚预后日常要如何度过的伙伴。所以也都是我可以参考的榜样。

后来我中途回国那次，和文枝在大阪见了一面。大口吃着三明治和蛋糕的文枝看上去神采奕奕，和高中的时候一点没变。她告诉我，她已经不再害怕半年一次的定期检查了。因为检查当天必须禁食，所以她会思考检查完的午饭吃什么。说到这儿，文枝还笑了。不过，6 年前的那些日子，如今也依然鲜明，依然令她心头苦涩。

作为一名胚胎培育师，她不但要服务一些不孕不育的患者，还要为一些癌症患者做生殖方面的保守治疗。自从她本人也经历癌症之后，这份工作对她来说又有了更大的意义。她的手中，紧握着无数人未来的希望。

在我治疗结束后，小润从波特兰跑来看望了我，而且又带了好多的伴手礼。我们两家人一起去了海边，我们坐在海滩上

摆着的圆木桩上，丈夫和杰德在大笑着，孩子们在一起玩耍，我就那么望着他们。

自从经历了癌症，小润开始意识到：自己的时间其实是很有限的，只是自己此前并未注意到这一点。所以，她要更加重视和重要的人在一起的时间。感到压力是比较可怕的一件事，所以一些不重要的细节就别在意，尽量去做一个更随意的人（所以在刚刚结束治疗时她特别在意饮食，后来也渐渐放松心态，不那么较真了）。

她对旅游景点没什么兴趣，更喜欢在我家附近慢悠悠地闲逛。和她在一起，我有一种从内到外都得到放松的感觉。我们一块儿聊天时，我总是笑到肚子疼。

我婆婆秀子在癌症治疗结束后，几乎每天都会去健身房。新冠疫情后，她戴着口罩在家里的公寓上上下下爬十层楼。而且一直都在锻炼拉伸。现在她甚至能顺利完成一字马。用药房摆着的那种血管年龄测定器一测，发现她的血管年龄竟然只有20来岁。

虽然没到“彻底改变人生观”那么夸张的程度，但是婆婆在患癌后更倾向于“只拥有少数几个重要的朋友和自己的亲人就很满足”的轻松人生（她住的房子比较老旧，但永远会把房间整理得非常干净整洁），而且也已经不再害怕去做定期检查

了。如果要发生些什么，那就等发生了再说。因为一旦开始忧心忡忡就没个头了。她本来就是利落干练的性格，这些年更是洒脱极了。

癌症治愈后，特蕾西的人生观发生了巨大的变化。人生只有一次，什么都有可能发生。所以，春风拂过，树枝上生出的哪怕一两枚叶片，都能给她带来一种见证了奇迹的感受。她决定要比过去更加重视自己的朋友和亲人，并且下定决心要养育子女。于是，她顺利生下了迪兰和罗根这对双胞胎。

她每天都过得很忙碌。要陪双胞胎宝宝玩耍，开车去上班，努力工作，同时还会帮助丈夫肖恩处理一些房屋管理人的工作。我常看到她在家附近散步（有时候还会在滑雪场和泳池偶遇她），每次见到她，她都会停下脚步询问我的身体情况。我告诉她，自己得到了好多人的帮助，尤其是她这样曾患乳腺癌的朋友给我提的一些建议，真的给了我很大的帮助。

听我这么说，她回答：

“癌症姐妹互相帮助嘛。”

作为其中一员，我也想为他人尽些力。

麻里向我介绍了她的一个朋友，名叫安娜丽莎。她是今年5月获知自己两侧胸部都有恶性肿瘤，准备10月份接受彻底的切除手术。我马上建了一个有我、安娜丽莎，还有科尼的邮

件群。

因为是初期的、进程比较慢的癌症，所以医生认为她暂时还不需要接受化疗。但是具体情况还要另说。她现在独自居住，完全不清楚何时能回归职场。她甚至都不知道独居的话，自己能不能照顾自己，所以相当不安。而且，一直无法确定具体的手术日期，这也给她带来了极大的心理压力。

我和科尼尽量把自己知道的所有信息都告诉了她。术后，麻里将作为发起人，组织起 Meal Train，我也准备参与进去。眼下，我们三个人正准备一起去喝咖啡。虽然不知道我们所做的这些能让她的情绪平息到什么程度，而且我也明白这样做不可能彻底消除她的恐惧，但我们可以陪在她身边。唯有这一点，我们可以做到。

自从得知患癌，我和很多人拥抱过。有的拥抱是那么用力，感觉自己的身体都要被折断了，有的拥抱又是那么柔软，好似被一团轻飘飘的毛毯包裹着，还有的拥抱是那么小心翼翼，仿佛将我看作一件易碎品。

来到加拿大，我明白了自己是个“很爱拥抱”的人。在日本时，有些人是很抵触肢体接触的。我还担心自己这样拥抱会被人当成性骚扰。总之，在日本时我一向很小心。或者说，我可能根本就没想过要去和人拥抱。因为压根没养成那个习惯。

可是，自从来了加拿大并开始和人频繁拥抱，我终于意识到了：我很喜欢拥抱。每次遇到喜欢的人，光是微笑着问候，或者在检票口前挥着手说“下次再见”，我总觉得少点什么。我想拥抱我喜欢的人，也希望被喜欢的人抱住（所以，当加拿大也因为新冠减少了拥抱机会时，我真的寂寞极了）。

患癌之后，我拿着这个“借口”，获得了很多人的拥抱。其中有些人考虑到我是日本人，并且我们正处在新冠疫情期间，所以还会提前问我：

“可以拥抱吗？”

当然了，非常可以！拥抱着什么人，或者被什么人拥抱着，这种形式之上还蕴含着更多的东西。我们彼此交换体温，彼此体会感受到“我还活着”的那个瞬间，都给我带来了无限的力量。

见到安娜丽莎后，我想问她：“我可以拥抱你吗？”如果她同意了的话，我要用尽全力去抱住她，就像大家拥抱我时那样。

当我的身体就这样开始舞动，
不知为何，
我感受到了自由（自由！）

我听着歌，我回忆起往昔。
好自由，我解放了(是自由)!
我自由地活着(按照我喜欢的样子活着)!
我要紧握在手(得到我应得的)，
因为那是属于我的自由(自由)!

——乔恩·巴蒂斯特《自由》

既然生命弥足，那就干脆用尽它如何。
纵使悲伤没顶，也要拥抱它继续前行。

——椎名林檎 & 宫本浩次《野兽行走的小径》

我还在呼吸

刚开始动笔时，我没想到自己会把这篇文章写得这么长。

从获知患癌起我就开始写日记，日记和这篇文章的创作几乎是同时进行的。我在日记里记录当天发生的事和我的一些想法。因为都是手写，笔触也随意直白，所以有些字连辨认清楚都十分困难。其中还有一些重读时依然感到痛苦的记录。有时候，连续好几天，我都只写了“好难受”这三个字。

这篇文章，则是“追”在日记后面写下的文字。在文章中，我会再客观一些地审视自己的情绪（没错，就是站在“另一个我”的立场上），而且内容是在电脑上处理的。因为躺在床上没法打字，所以我一般选择身体状态不错的时候来写。也就是说，面对电脑打字时的我，身心是相对安定的。

书写这篇文章时，我并没有出版的计划，也不知道是面向谁在书写。不过，不知从何时起，我发现这篇文章就是写给“你”的。我不知道你此时身在何方，在为何事欢喜，为何事

喜忧参半，为何事感到悲伤，又为何事感到恐惧。可是，我们虽素未谋面，我却知道你就在我身边。

你有时幸运，有时不幸。有时健康，有时罹患疾病。你有时会感觉光是活着都很痛苦，你有时又会对波澜不惊的日常感到无上的喜悦。

我希望你，能读读它。

我十分尊敬的一位作家曾说过：创作文章，发表文章，这做法就好似在大海之中扔进一颗小石子，只会发出些微的声音，激起细小的涟漪。可是，扔出去的就是我的全部。

我的文章，在你的心中发出了怎样的声音，在你的灵魂里激起了何种涟漪呢？我不知道。无论那声音多小，涟漪多浅，我都是用尽了自己的一切。于是，我的全部，就在书写这些文字的同时，接连不断地从我的指缝滑落。有一些是我无论如何紧握双手都留不住的，有一些是我主动地、恣意张开双手挥洒的。

因为涉及医疗相关的内容，所以这段经历不仅仅独属于我个人。出于这方面的考虑，有些内容我“不能写”，当然也有些是我故意“没有写”的。我既经历过身体极力拒绝自己去书写的丑陋时刻，也经历过身体无法允许自己去书写的美丽瞬

间。而我格外珍视的，就是那些美丽的瞬间。

最近，我在网络上读到了各种“美丽的故事”。飞机上，一位年轻人把头等舱的位置让给了一位老年女性，圆了她想坐一次头等舱的梦。一位接受临终关怀的女性已时日无多，于是，人们把她的爱马领到了她身边，给了她一个惊喜。还有一位死去的父亲留下的、令人无比动容的信。这一切或许应归功于社交网络的发达吧。因为有了它，我只需轻轻点击，就能与散布整个世界的美丽瞬间相遇。我发自真心地感谢着科技的进步。同时，我也会这样想：其实，你本不需这么慷慨地将如此美丽的故事分享出来。因为，这是只属于你的美丽瞬间，不是吗？或许是我太过吝啬吧，每当我告诉自己“如此美丽的瞬间可一定要记录下来啊，一定要告诉大家啊”的时候，我心底里却又会萌生出一种强烈的愿望，它“不想说出口”。我希望真正的，真正美丽的瞬间，只属于我自己，不告诉任何人。甚至连很愿意读我文章的“你”，我也不想告诉。

我希望在自己死去时，能将发生在自己身上的美丽瞬间只留给我自己。我就这样蕴含着只属于我的美丽被火化。而某天会来凭吊我的你，某天得知我讣报的你，还有与我的死毫无关系的你，都不会知道这些。

所以，我的“全部”，最终还是由我自己来决定。

我的身体失去了乳房，但它现在就是我的一切。同理，我的文章虽有欠缺，可它并非不完整。这带有缺失的一切，都凭着我的意志，等待你来阅读，等待着此时此刻在呼吸着的你，在活着的你来阅读。光是这一点，就足够令人惊叹。

当触摸到那被大家称为“人生”的水晶球时，你会发现它并不冰冷，也不坚硬。它被一层层薄薄的空气笼罩着。只要伸手一推，它就会立刻破裂。最终，我从这口大锅里毫发无损地拎出来的词句，也不过是自投罗网的那么五六条小鱼而已。剩下的那数百万条鱼儿，都在蹦跳着，发出嘶嘶的声音，显得这口大锅就好似盛满了沸腾的、咕嘟作响的银水一般，它们就这样，不断地从我指缝中滑落。

——弗吉尼亚·伍尔夫《海浪》

不论长或短，我都希望自己的余生能尽可能地多宽纵自己，去爱所爱之人，去尽力完成未竟的事业。

我要书写我心中的火焰，直到它们从耳朵、

眼睛、鼻孔，从我身上的各个地方都喷出烈火。

直到我的呼吸都被火焰包围，

我将如同流星一般消散！

——奥德雷·洛德《一道光：与癌共生》

选自《奥德雷·洛德作品选》

我是否想要改变，这并非问题的关键。因为我一定会变。

通过书写，我发出了新的声音。通过濒临死亡，我开始强烈地意识到了自己的死。

所以，我那新的声音也由此变得非常纤细，同时非常尖锐。

我身处一种新的紧迫感之中。

无常，它就伴我左右。

如今，我必须写下一切，毕竟，又有谁知道我还剩下多少时间呢？

——奇玛曼达·恩戈兹·阿迪契《忧伤笔记》

我们的孩子来自我们的行为。我们所导致的偶然成了孩子的命运。没错，行为就这样流传下

来。也就是说，这涉及关键时刻，也就是在最后关头你该怎么做的问题。当墙壁崩塌，天空晦暗，大地轰鸣之际，我在那时所采取的行动，就能显露出我们的人性。而在那一时刻，无论安拉、耶稣、佛祖，还是任何人是否注意到你，都没任何区别。寒冷的天气里，人们能看到自己呼出来的白气，天热的时候却看不到。可是无论天冷还是天热，我们都在呼吸。

——扎蒂·史密斯《白牙》

终章

我想在此强调，本文中谈及的治疗方法、药物，所发生的一切，都只是我的个人选择、个人经验。癌症的治疗因人而异，效果、结果也各不相同。如果你现在正罹患癌症，希望你能做出对自己来说最合适的选择。我的身体由我做主，你的身体也由你做主。我发自内心地、由衷地祝愿你能度过安稳、平静的每一天。

我要再次感谢所有医护人员。你们的名字在本书中全部是化名，而且我猜你们应该也不会读到这本书吧。不过，我还是想说：你们无私的奉献、积极的态度、专业的素养拯救了我的生命。这一点，我将（连同大家的真名一起）永生难忘。真的非常感谢。

我要感谢我的朋友们。你们以不同于医疗从业者的方式，切实地挽救了我的生命。在 45 年的人生之中，我通过个人的努力获得了很多的成绩，但我可以毫不犹豫地断言：所有成

绩之中最令我感到光荣的，就是和你们成为朋友。真的谢谢你们。

我还要感谢我的父母和家人。他们一直都非常担心我。（但愿）这一次是最艰巨的考验。你们的祈祷，你们是我家人的这件事，都拯救了我许多许多，真的非常感谢。

我想感谢我的丈夫。在海外和身患癌症的妻子一起生活，这负担该有多重啊。可你一直不忘风趣幽默，在你为我营造的平静安宁的生活之中，我总能尽情地做我自己。谢谢你。

我想感谢 S。你是我的光。我不会忘记，和你在一起的每一个瞬间都是奇迹。从此以后，我不知道还有多少时间可以和你一起度过。可无论多耀眼，我也不愿从你身上移开视线，我要把你的模样，你的光芒都铭记在心。谢谢你，愿意做我的孩子。

河出书房新社的坂上阳子老师给我寄来了很多书（我把这些书称为阳子之选）。这些书真的帮助了我许多。能和阳子老师共同出版这本书（还有本书的设计，也拜托了一直非常照顾我们的铃木成一设计室），我打心底里感到幸福。真的谢谢大家了。

以下，是以各种方式拯救我的艺术作品，当然，这些只是

一小部分。被你们的存在所反射，我的人生有时耀眼夺目，有时又能适当地显露出一些阴影。就连呼吸本身，也被你们赋予了意义。真的非常感谢。

布里特·本尼特《消失的另一半》友广纯 译（早川书房）

卡门·玛丽亚·马查多《派对恐惧症》小泽英实、小泽身和子、岸本佐知子、松田青子 译（etc. Books）

Kaneko Ayano《灿灿》（作词·作曲 Kaneko Ayano）

李翊云《理由结束的地方》筱森 Yuriko 译（河出书房新社）

乔治·桑德斯《十二月十日》岸本佐知子 译（河出书房新社）

索纳莉·德拉尼亚加拉《巨浪》佐藤澄子 译（新潮社）

西格丽德·努涅斯《我的朋友阿波罗》村松洁 译（新潮社）

丽贝卡·索尼尔《没有我的房间》东辻贤治郎 译（左右社）

玛姬·欧法洛《哈姆奈特》小竹由美子 译（新潮社）

Jenny 张《辛酸》小泽身和子 译（河出书房新社）

田我流 &B.I.G.JOE *my pace*（作词：B.I.G.JOE 作曲：DJ SCRATCH NICE）

托尼·莫里森《秀拉》大社淑子 译（早川 epi 文库）

艾莉·史密斯《冬》木原善彦 译（新潮社）

安水稔和《生存之歌》（《安水稔和诗作集成 上》收录·冲积社）

王鸥行《大地上我们转瞬即逝的绚烂》木原善彦 译（新潮社）

韩江《恢复期》斋藤真理子 译（白水社）

林迪·韦斯特《不要诅咒我的身体》金井真弓 译（双叶社）

奥德雷·洛德《一道光：与癌共生》选自《奥德雷·洛德作品选》（日译尚未引进）

艾丽芙·沙法克《失去树木的岛屿》（日译尚未引进）

A Tribe Called Quest *Bonita Applebum*

柳德米拉·乌利茨卡娅《绿帐篷》前田和泉 译（新潮社）

阿扎尔·纳菲西《在德黑兰读〈洛丽塔〉》市川惠里 译（河出文库）

Zoomgals《只是活着就算状态异常》（feat.Valknee、田岛 Haruko、Namichie、ASOBOiSM、Marukido、Akkogorilla&Carrec）

林芙美子《下町》（《筑摩日本文学 020 林芙美子》收录·筑摩书房）

乔恩·巴蒂斯特《自由》（作词·作曲：Jonathan Batiste、

Autumn Rowe、Tierce Person、Andrae Alexander）

椎名林檎 & 宫本浩次《野兽行走的小径》（作词 · 作曲：椎名林檎）

弗吉尼亚 · 伍尔夫《海浪》森山惠 译（早川书房）

奇玛曼达 · 恩戈兹 · 阿迪契《忧伤笔记》（日译尚未引进）

扎蒂 · 史密斯《白牙》小林由美子 译（中公文库）

（编辑部注：以上内容皆参考 2023 年 3 月当时的信息）

西加奈子

1977 年出生于伊朗德黑兰。成长于埃及开罗与日本大阪。2004 年，凭借作品《葵》出道。2007 年，作品《通天阁》获织田作之助奖。2013 年《笑福面》获河合隼雄故事奖。2015 年《告别吧！》获直木奖。此外，著有《樱》《圆桌》《鱼河岸小店》《FURU》《i》《草莓、极光与火焰》《黎明将至》等。

图书在版编目（CIP）数据

我活下来了 /（日）西加奈子著；董纾含译.
长沙：湖南文艺出版社，2025. 2. -- ISBN 978-7-5726-2143-7

Ⅰ. I313.65

中国国家版本馆 CIP 数据核字第 2024YQ8997 号

著作权合同登记号：图字 18-2023-295

我活下来了

WO HUO XIALAI LE

著　　者：［日］西加奈子
译　　者：董纾含
出 版 人：陈新文
监　　制：谭菁菁
责任编辑：冯　博　李　颖
策　　划：李　颖
特约编辑：李　颖
封面设计：尚燕平
版式设计：刘佳灿

出版发行：湖南文艺出版社
（长沙市雨花区东二环一段 508 号　邮编：410014）
网　　址：www. hnwy. net
印　　刷：长沙新湘诚印刷有限公司
经　　销：湖南省新华书店
开　　本：787mm × 1092mm　1/32
字　　数：170 千字
印　　张：9. 25
版　　次：2025 年 2 月第 1 版
印　　次：2025 年 2 月第 1 次印刷
书　　号：ISBN 978-7-5726-2143-7
定　　价：58. 00 元

我活下来了

くもをさがす

【日】西加奈子——著
董纾含——译

CNS 湖南文艺出版社
·长沙·